Ces murs qui nous écoutent

juin 2001

Titre original : دیوارها گوش داشتند

ISBN : 2-910490-24-6

Spôjmaï Zariâb

CES MURS QUI NOUS ÉCOUTENT

Dessins au trait de l'auteur

Nouvelles traduites du persan (Afghanistan)
par Didier Leroy

Postface de Michael Barry

Édition bilingue

L'Inventaire

Du même auteur

La plaine de Caïn, traduit du persan par Didier Leroy, Éditions Souffles, Paris, 1988.

Dans la même collection

Francesco Orlando, *Un souvenir de Lampedusa*, suivi de *À distances multiples*, traduit de l'italien par Michel Balzamo, 1996.

Houchang Golchiri, *Chronique de la victoire des mages*, traduit du persan par Christophe Balaÿ, 1997.

Volker Braun, *Les quatre outilleurs*, traduit de l'allemand par Alain Lance, 1998.

Goffredo Parise, *La colline des Sept-Vents*, édition bilingue, traduit de l'italien par Jean-Ghislain Lepoivre, 1999.

Júlio Conrado, *C'était la révolution*, traduit du portugais par Jean Pailler, 2000.

TABLE

* Parue en français dans le n° 27 de La Lettre internationale (Hiver 90-91).

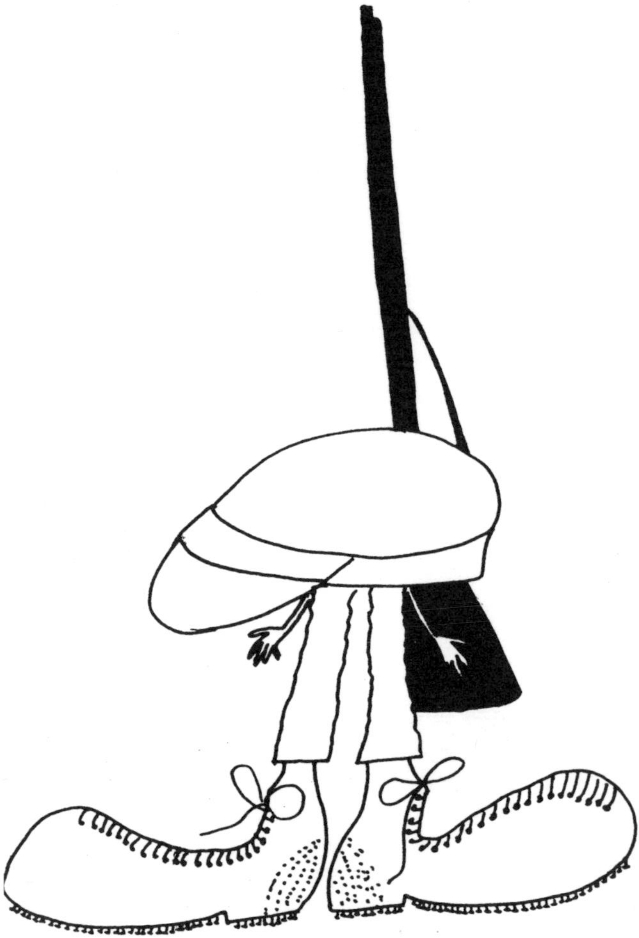

La carte d'identité

Le monde n'est plus qu'un rectangle de quatre ou cinq mètres carrés. Toute sa lumière se réduit à une fente dans la porte. La nuit et le jour ont la même couleur, la clarté de la lampe-tempête. Deux chemises de nuit roulées, une chaufferette, un réchaud, un bidon de pétrole lampant et divers petits objets, voilà tout ce qui le fait exister, ce monde. Une chose encore le remplit : l'odeur insupportable d'un être humain enfermé entre quatre murs où il satisfait ses besoins.

Le crissement étouffé de pas qui s'enfoncent dans la neige trouble le silence ; une clé tourne dans la serrure et la porte s'ouvre. Le parfum froid de la neige – on dirait qu'il a fait le guet pendant des heures dans l'attente de cet instant – s'engouffre à l'intérieur. Une voix à peine sortie de l'adolescence, qui, avec ses graves et ses aigus, mue encore, émerge de la couverture :

– C'est toi, la mère ?

– Oui, mon petit père, me voilà.

Le monde change de volume. Et lui, il éprouve autant de joie que si le mot *père* avait recelé toutes les caresses de la terre, des caresses qui s'infiltrent par petites bribes dans les moindres coins et recoins de son réduit de ténèbres et de puanteur.

La femme ôte ses bottes de caoutchouc bleu emplâtrées de neige et les pose contre le mur ; elle secoue son grand voile gris maculé de taches et le suspend à un clou. Ses cheveux et son voile sont de la même couleur. Elle jette un regard inquiet vers la gamelle posée sur le réchaud, comme si elle avait quelque chose à se reprocher.

– Tu n'as rien mangé, mon petit père ?

La même voix traverse encore la couverture tendue sur la chaufferette.

– Ça ne me disait rien.

– Tu aurais dû, lui reproche-t-elle plaintivement.

Elle se précipite vers la cuvette posée au pied du mur et, sans la regarder, la saisit et sort à la hâte. Il y a déjà un an, trois mois et huit jours qu'elle accomplit quotidiennement la corvée et s'est accoutumée à cette odeur.

À peine de retour, elle reprend, de sa voix plaintive :

– Tu aurais dû manger quelque chose, mon petit père.

Quand elle a envie de le cajoler, elle l'appelle « mon petit père ». Ces trois modestes mots se chargent d'une douceur immense et s'installent, familiers, dans les moindres coins et recoins de ce monde-là. Ils apportent au petit père le parfum de terre et de verdure de son village et lui permettent de s'évader ; c'est ainsi qu'il se retrouve chevauchant et talonnant son âne gris qu'il monte depuis si longtemps. Il sent le corps chaud de l'animal contre ses chevilles. Il les caresse machinalement, elles sont maigres et sèches.

Et puis, brusquement, il ne voit plus que les lambeaux de son âne, épars et sanguinolents, qui gigotent, chacun de son côté, et essayent de rester en vie... Il a un haut-le-cœur comme chaque fois qu'il repense au jour où l'explosion, dans son village, a fait monter la terre vers le ciel.

La même voix, encore adolescente, avec ses graves et ses aigus, refait surface à travers la couverture de la chaufferette :

– Alors, quoi de neuf dehors, la mère ?

– Rien... Des fouilles. Ils vérifient les cartes d'identité et les papiers.

Les mots *carte d'identité* et *papiers* donnent toujours le frisson au petit père.

– Ah ! si seulement ma carte n'était pas restée au village...

C'est toujours le même sujet de conversation, le même regret.

– Si seulement elle n'était pas restée, répéte-t-il...

Comme chaque fois, elle lui répond, avec un sentiment d'immense culpabilité :

– Je t'ai au moins tiré de là vivant ; c'est déjà beaucoup, c'est l'essentiel.

Et elle continue, semblant se parler à elle-même :

– Si seulement j'avais laissé faire ton père, il t'aurait emmené avec lui dans la montagne, quand il est parti. Dieu m'a punie. Ah ! si seulement tu pouvais voir le soleil, la lumière ! Voilà un an, trois mois et huit jours que tu n'as pas vu la face du soleil ! Regarde ça, ta pauvre carcasse part en miettes...

Comme d'habitude, elle ne peut continuer et couvre ses yeux de son voile.

– Combien de temps tu vas rester coincé ? reprend-elle, quelques instants plus tard. Tu ne vas tout de même pas moisir ici ?

– Il faut que tu me fasses obtenir un duplicata.

– Un quoi ?

– Une nouvelle carte d'identité.

Sa voix redouble de graves et d'aigus ; on dirait un coq qui essaie de chanter pour la première fois.

– Une autre carte ! Une autre carte d'identité !

– Comment j'irai jusque là-bas ? Et comment je fais pour t'y emmener ? Ils vont te cueillir en chemin et t'embarquer pour de bon, au service militaire. Personne ne voudra croire que tu as seulement quinze ans. Ah ! si seulement tu n'étais pas si grand et si fort, tu pourrais...

Elle ne peut terminer. Elle achève de moins en moins ce qu'elle veut dire, la mère. Encore une phrase qui, comme tant d'autres, restera inachevée. À chaque fois qu'elle aborde pareil sujet, c'est comme si les mots se brouillaient à l'intérieur d'elle-même ; ils se bousculent sur le seuil de sa bouche ; ils semblent former une sorte de corps consistant qui lui reste en travers de la gorge comme une bouffée de haine. Les mots ensuite se condensent en pleurs et de ses yeux déferlent des torrents de larmes qui vont se perdre dans les plis de son voile.

Le petit père ferme les yeux et remonte la couverture. Chaque fois qu'il baisse les paupières, des portes s'ouvrent en face de lui. Il s'échappe alors, d'un bond, hors de son monde de quatre ou cinq mètres carrés et s'en va poser le pied dans un univers imprégné du parfum des mûres et du souffle d'un torrent ivre, pour un de ces rares et brefs instants de plaisir où l'on rend grâce d'être venu au monde. Et le petit père, les yeux fermés, sent alors entre ses dents toute la saveur des mûres bien mûres ; il enfourche son âne gris et s'en va au galop. Le voici qui écrit sur le vieux tableau noir de son école, s'assoit sur les bancs délabrés et brinquebalants, court derrière son père dans l'ombre fraîche des grands mûriers et leurs fruits, tombés à terre, collent à la plante de ses pieds nus. Puis il retourne à sa classe et voit le maître, Ezatollâh Khân, qui inscrit au tableau : « L'AFGHANISTAN EST NOTRE PATRIE BIEN-AIMÉE. IL POSSÈDE DE HAUTES MONTAGNES. » Ezatollâh Khân glisse le regard à travers la fenêtre comme pour vérifier leur existence. On sent combien cette habitude le réjouit et le rassure. Les camarades du petit père, eux aussi, suivent son regard par les fenêtres, car à travers chacune d'elles apparaît la montagne.

La mère, elle, les yeux ouverts, s'efforce d'amorcer le réchaud à pétrole, mais ses pensées sont ailleurs, comme toujours. Elle rêve éveillée. Elle voit ses quatre garçons et sa fille qui, avant même d'avoir atteint l'âge de marcher, sont devenus tout violets et sont morts. Seul le petit père a vécu et elle le chérit d'autant plus. Elle se prend plusieurs fois à l'observer en cachette ; les yeux fermés, le corps en chien de fusil, on dirait qu'il dort. Aux cernes qui entourent ses yeux, elle réalise que son fils pâlit de jour en jour ; son teint semble de papier.

Des visions d'horreur se présentent alors devant les yeux ouverts de la mère et leur violence est telle qu'elle la force à prendre la folle décision dont elle n'a, jusque-là, jamais eu l'audace. Comme si ces cauchemars avaient tout chamboulé en elle et qu'elle se retrouvait, tout d'un coup, dans un de ces états rares où, sans l'avoir soupçonné, on s'aperçoit qu'on a en soi l'énergie suprême, d'une puissance incroyable, qui permet de parvenir au but. Elle hurle presque :

– Je vais aller te la chercher, ta carte d'identité !

Le petit père, tout engourdi qu'il est, ouvre les yeux et se retrouve dans son monde de quatre ou cinq mètres carrés où flottent l'odeur d'oignons frits et celle, encore plus insupportable, du pétrole lampant.

– C'est vrai ?

Ce que la mère ne sait pas, c'est tout ce que cette brève réponse du petit père signifie : quelque chose en lui vient de s'enflammer, grâce à quoi ce qui était impossible devient possible à ses yeux. Elle reprend, d'un ton plus ferme :

– Ça ne doit pas être trop loin de Kaboul. Je vais y aller. Si les voitures ne peuvent pas passer, j'irai à pied. Je sais où elle est : je l'ai mise sous le Coran, près de la fenêtre. Le monde peut bien s'écrouler, elle ne craint rien, ta carte d'identité. Nous sommes aujourd'hui mardi ; je partirai vendredi et je serai de retour le jeudi suivant. Ne t'inquiète pas.

Ces paroles produisent sur eux l'effet d'un miracle. Les yeux du petit père brillent de cet éclat que sa mère, sans qu'elle en ait conscience, attend depuis un an, trois mois et huit jours et qu'elle voudrait par-dessus tout voir réapparaître.

Désormais, ils ont l'un et l'autre chassé de leurs pensées l'exiguïté, l'obscurité et la puanteur du drôle de monde où ils vivent.

Le vendredi matin, la mère arrive avec des paquets

sous les bras. Elle dépose le tout – pommes de terre, graisse, oignons, pétrole, pain – au pied du mur et fait au petit père ses dernières recommandations : qu'il mange à sa faim ; qu'il ne lui prenne pas l'idée de sortir après un an, huit mois et onze jours. Pourvu que les soldats qui risquent de la fouiller, ajoute-t-elle, ne trouvent pas la carte... Pourvu que ceci... pourvu que cela...

Quant au petit père, la voix de la mère lui parvient par bribes, dans le désordre, depuis des espaces infiniment lointains, situés de l'autre côté du monde. Il n'entend pas vraiment ses recommandations. Il rêve les yeux ouverts.

Il se voit à la maison, près de la fenêtre ; dressé sur la pointe des pieds, il lève les mains et retire sa carte d'identité de dessous le Coran. Elle a une couverture orange. Il y a là aussi celle de son père. Il l'ouvre et son père apparaît ; la tête ceinte d'un énorme turban, il semble le regarder à distance. On dirait que ses yeux irradient de la lumière. Il a le front tout ridé et serre les lèvres pour s'empêcher de rire. À côté de la photo, il lit :

Yeux : marron
Teint : foncé
Taille : élevée

Il se souvient que, après avoir quitté l'école, sachant lire et écrire, il lisait et relisait, avec une curiosité et un plaisir intacts, la carte d'identité de son père. Et ce dernier, qui n'avait pas appris à lire, assis à côté de son fils, le regardait aussi étonné, aussi content que s'il venait de déchiffrer une formule magique compliquée. Puis, c'est l'odeur de son père qui revient à sa mémoire : son père sentait la terre ; il sentait tout le temps la terre, comme s'il était lui-même fait de terre ou qu'il était issu de ses profondeurs. Un jour, le père avait expliqué que Dieu avait créé l'homme[1] avec de la terre et le petit père avait compris de lui-même, dans sa tête, pourquoi son père sentait la terre.

Sa mère lui baise le front : les muscles de son visage frémissent sous les lèvres maternelles. Quant à elle, elle sent que quelque chose brûle dans la poitrine du petit père et elle a envie de lui renouveler ses recommandations : pourvu qu'il ne s'inquiète pas, pourvu qu'il ne sorte pas... pourvu que les soldats ne lui demandent pas sa carte d'identité ; pourvu qu'ils ne l'embarquent pas à bord de leurs camions et ne l'emmènent pas vers un lieu inconnu ; pourvu que ce ne soit pas du front que parviennent de ses nouvelles ; pourvu que... pourvu que... Mais, cette fois encore, c'est comme si les mots se brouillaient à l'intérieur d'elle-même ; ils se bousculent sur le seuil de sa bouche ; ils semblent former une sorte de corps consistant qui lui reste en travers de la gorge comme s'ils étaient chargés de haine. Ils se condensent ensuite en pleurs et de ses yeux déferlent des torrents de larmes qui vont se perdre dans les plis de son voile.

Après que la porte s'est refermée, le petit père entend s'éloigner, collant à la neige, les pas de la mère ; il regarde autour de lui. Pour la première fois

1. Coran (XX, 57) : « De la terre, Nous vous créâmes. En elle, Nous vous ramènerons. D'elle, Nous vous ferons surgir une autre fois. » Traduction Régis Blachère, Éditions Maisonneuve, Paris, 1957 (NdT).

il s'aperçoit de tout le temps qui s'est écoulé dans ce monde réduit. Cela fait un an, trois mois et onze jours qu'il n'est pas sorti à l'air libre, qu'il n'a vu personne d'autre que sa mère, qu'il n'a entendu d'autre voix que la sienne. Une sensation glacée le parcourt ; il s'installe devant la chaufferette et remonte la couverture sur ses épaules émaciées.

Pareil à un insecte emprisonné, le petit père s'alimente de ce que la mère a déposé au pied du mur et se débarrasse de tous les déchets dans un coin de la pièce. L'atmosphère est devenue putride et l'empêche, même dans son sommeil, de voyager en rêve dans ces vallées où fleure bon le parfum des mûres.

Le jeudi est passé. Le mardi aussi et la mère n'est pas rentrée. Le petit père ne tient plus en place. Quand il est assis, il a envie de se lever. Quand il est levé, il a envie de se coucher. Quand il est couché, il a envie de marcher. Il attend avec impatience que le soir tombe et, dans l'obscurité, il s'en va lentement, sans faire de bruit, vider sa cuvette dans la ruelle déserte. Au début, il se hâte de réintégrer son réduit. Prendre tout doucement sa cuvette, le soir venu, sortir à pas tremblants, la vider dans cette ruelle qui le fascine, devient peu à peu son unique plaisir. Il se déplace avec lenteur, mais c'est un prétexte pour demeurer plus longtemps. La ruelle est obscure, étroite et humide. Avec une curiosité mêlée de plaisir il contemple les murs moites et les fenêtres closes et, dès qu'il perçoit un bruit de pas, il se met à trembler de tout son être et court à sa cachette.

La date convenue avec la mère est passée de dix jours ; elle n'est toujours pas là. La réserve de provisions du petit père est bientôt épuisée. Un matin, comme un animal affamé, impuissant et apeuré, le pas mal assuré, il sort de son réduit. Ayant chassé de son esprit les recommandations de la mère, il s'en va, bien décidé à demander au premier passant de lui indiquer la gare routière du Nord et à s'y rendre. Après? On verra. Le soleil éblouit ses yeux accoutumés à l'obscurité et la tête lui tourne. À chaque instant il a l'impression que la terre se dérobe sous ses pas. Il perd l'équilibre. La neige l'aveugle; il lui semble voir s'animer des taches noires et rouges sur les tas de neige, le long de la chaussée. Il se sent mal. Au premier passant qu'il rencontre sur son chemin, il prend peur avant même de poser la moindre question et cache son visage dans ses mains. L'inconnu ne s'aperçoit de rien. Le petit père ressemble à une bête solitaire descendue des montagnes, qui soudain se retrouve au milieu des hommes et tremble d'effroi, indécise, ne sachant que faire. Tandis qu'il avance, à pas lents, il repense aux recommandations de sa mère : pourvu que les soldats ne le voient pas, ne lui demandent pas sa carte d'identité et ne l'embarquent pas. Pourvu que... pourvu que...

Tout à coup, son regard se fige sur trois soldats armés de longs fusils étincelants, chaussés de bottes d'un noir éclatant. Hypnotisé, pétrifié, il lui semble que son sang s'est arrêté de circuler, qu'un liquide glacé et brûlant jaillit de ses narines et de ses oreilles. Il rassemble toute son énergie pour se retourner et s'élancer. Il fait demi-tour, mais il est incapable de courir. Il donne des coups de pieds dans tous les sens, comme si ses jambes étaient prises dans un piège invisible. Les soldats le repèrent.

On a rasé la tête du petit père ; on a coiffé son crâne chauve d'une énorme casquette. On lui a mis un lourd uniforme, on a suspendu à son épaule un long fusil étincelant et on lui a fait chausser des bottes d'un noir éclatant.

Pendant son service militaire, il voit des choses qui l'effrayent. Il voit le sang et le feu. Il voit des malades. Il voit des gens qui n'ont plus de corps. Il voit dans un berceau un nouveau-né à demi dévoré par des chiens. Au début, il a commencé par fermer les yeux pour ne pas regarder, par se mettre face aux murs. Mais bientôt, même les yeux clos, il a continué à voir. Tant qu'il n'a pas sombré dans le sommeil, il tremble d'effroi. Il reste assis des nuits entières, les yeux ouverts. Par la suite il croit voir, soit pendant son sommeil, soit en état de veille, des hommes sans tête ou sans corps et des nouveaux-nés à moitié dévorés qui courent à sa poursuite. Et le voilà qui se met à crier et qui s'enfuit à toutes jambes. Au début, les autres soldats ont ri et se sont moqués de lui, puis ils lui ont jeté des regards affligés et inquiets ; de plus en plus intrigués, ils en sont venus enfin à des conclusions inavouables.

Il y a maintenant des jours où, dans ses habits militaires, le petit père, éperdu, tourne en rond en arpentant les rues de Kaboul. Tous les trois ou quatre pas, il ramasse une poignée de terre et la respire. Parfois aussi il reste des heures à attendre à la gare routière du Nord, comme si quelqu'un devait arriver.

Des enfants qui le connaissent courent derrière lui en chantant :

Coucou, p'tit chef, coucou !
Du Nord, qu'est-ce que t'as rapporté ?
Une p'tite carte orangée,
Pour le p'tit père, tout doux, tout doux...

Le petit père a oublié son nom ; et celui de son père. Quand on lui demande : « Comment tu t'appelles ? », il répond – « Petit père ». – « Comment s'appelait ton père ?[1] », il répond :

– « Taille : élevée. Yeux : marron. »

– Qu'est-ce que tu fais là ?

– J'attends ma mère.

– Où est-elle ?

Il montre le nord.

– Qu'est-ce qu'elle fait ?

– Elle est partie chercher ma carte d'identité.

– Et où est-elle, cette carte ?

D'une voix qui semble venir d'infiniment loin, il répond :

– Chez nous. Sous le Coran qui se trouve sur l'étagère.

La mère n'est jamais revenue ; et personne n'a jamais su que l'énergie restée concentrée pendant les quarante ans de sa vie de femme avait soudainement connu l'apothéose et l'explosion, cette sorte d'énergie

1. Bien que l'usage des patronymes soit encouragé depuis le roi réformateur Amânoullâh (1919-1929), la plupart des individus continuent d'être identifiés, sur les documents officiels, par le prénom du père (NdT).

qui parfois, l'espace d'un instant, mais pour toujours, extrait l'être humain d'une existence banale parmi ses semblables et lui ouvre toute la largeur de l'horizon. Personne n'a jamais su comment cette énergie avait, un soir d'hiver, autour d'un réchaud, d'une gamelle d'oignons frits, dans un monde réduit à un antre de cinq mètres carrés, fait de la mère un être plus audacieux que le plus audacieux des hommes. Personne n'a jamais su comment elle a pu traverser, toute seule, ces vallées où il gelait à pierre fendre, parcourir les contreforts désertés des montagnes qui ne servaient plus de refuge qu'aux bêtes sauvages, ces contrées sans eau où il n'y a même plus âme musulmane qui vive ! Comment elle est parvenue à sa maison en ruines et a retiré, de l'endroit qu'elle connaissait, la carte d'identité du petit père. Et lui, il n'a jamais su que, ce jeudi où elle rentrait du Nord vers Kaboul, son car a sauté sur une mine et qu'elle a été déchiquetée en mille morceaux. Il n'a jamais su que les soldats qui ont ensuite nettoyé la rue ont trouvé un petit paquet qu'ils ont ouvert avec précaution ; ils y ont découvert, avec un morceau de nougat dur comme de la pierre, une carte d'identité. Ils l'ont dépliée et ils ont lu :

– Nom : Charafoddine
– Fils de : Cher-Mohammad
– Âge en 1985 : 10 ans

Non, il ne l'a pas su, tout cela. Il attend sa mère, voilà tout. Et il ne sait même plus son nom.

Si jamais vous rencontrez le petit père, dîtes-lui bien qu'il s'appelle Charafoddine, fils de Cher-Mohammad. Charafoddine, fils de Cher-Mohammad.

À la chasse aux anges

Debout devant la fenêtre de la cuisine, pendant que je hache des oignons, ma fille regarde tomber la neige. À ses yeux ronds je vois bien qu'ils la charment, la fascinent, ces flocons qui descendent, lents et magnifiques, vers la terre.

Elle me tire par la robe :

– Qui c'est qui envoie la neige du haut du ciel ?

– Les anges, dis-je distraitement.

Mais elle n'est pas convaincue. J'ajoute :

– Chaque flocon est envoyé par un ange.

– Qu'est-ce que c'est, un ange ?

– Tu sais bien, les petits anges...

Elle a fêté ses quatre ans quelques jours plus tôt et elle se fait déjà une idée relativement précise des anges. Elle en a vu dans un des petits livres illustrés que j'ai réussi à dénicher : c'est une petite créature de rêve aux ailes blanches.

Mais elle, toujours sceptique :

– Chaque flocon est envoyé par un ange ?

– Oui.

Comme elle n'arrive pas à la hauteur de la fenêtre, elle court chercher des coussins, les empile et grimpe dessus. Ainsi rehaussée, elle colle son nez à la vitre et reprend avec ravissement sa contemplation. Elle se tait. Moi, j'ai du mal à garder les yeux ouverts, à cause des oignons. Je regarde ma fille : pour elle, chaque flocon est une petite créature de rêve, aux ailes blanches, qui descend vers la terre. Et je me mets à penser, moi aussi, que l'univers est rempli d'anges aux bras chargés de flocons de neige.

Elle se tourne vers moi :

– Et ils sont pas fatigués ?

– Non, lui dis-je.

– Ce serait bien si, moi aussi, j'avais des ailes blanches : je ferais tomber la neige... Qu'est-ce que ce serait amusant !

Elle éclate de rire. Moi, je suis ravie.

Tout en continuant à hacher les oignons, je repense au jour où, il y a vingt-cinq ans, j'avais posé la même question à ma grand-mère. Elle m'avait fait la même réponse :

– Chaque flocon est envoyé par un ange.

Et, avec le même étonnement, je lui avais demandé la même chose :

– Et ils sont pas fatigués ?

Elle avait répondu que non.

– Qu'est-ce que c'est, un ange ?

Prise de court, elle n'avait d'abord pas su quoi dire, puis elle s'était décidée, à regret :

– Les anges, on ne les voit pas, mais il y en a partout.

Séance tenante, je m'étais mise à chercher autour de moi : pas la moindre trace d'ange.

– En ce moment même, pendant que tu es assise là, il y a un ange devant toi, un derrière, un sur ton épaule gauche et un sur la droite.

J'avais regardé devant moi, dans mon dos, à droite, à gauche sans rien voir du tout, mais ce manège invisible commençait à m'agacer.

– Si on est sage, l'ange assis à droite en prend note ; si on n'est pas sage, c'est l'ange assis à gauche qui s'en charge[1].

C'est comme cela que j'avais découvert, avec horreur, que, tout autour de moi, en secret, des êtres invisibles griffonnaient je ne sais quoi à mon sujet.

J'avais demandé à ma grand-mère :

– Et après, qu'est-ce qu'ils en font ?

– Ils le reportent dans le *Livre des actes* de chacun.

– Qu'est-ce que c'est, ce livre ?

Égrenant son chapelet, ma grand-mère avait levé les yeux au ciel. Pourtant on ne voyait que des flocons blancs qui descendaient, lents, magnifiques, vers la terre.

– C'est une chose dont l'homme aura besoin le jour de la résurrection, une feuille sur laquelle tout ce qu'il a fait sera inscrit : les bonnes actions, les mauvaises, tout. S'il y a assez de bonnes, il va au paradis ; si les mauvaises l'emportent, il va en enfer.

Et puis, dans un soupir :

– Dieu nous garde de la géhenne ! Le pécheur y est battu avec une masse rougie au feu et réduit en petits

1. Coran (LXXXII, 10-12) : « En vérité, à votre encontre sont certes les anges qui retiennent vos actes, des anges nobles qui écrivent, sachant ce que vous faites. » Traduction Régis Blachère, Éditions Maisonneuve, Paris 1957. Louis Gardet (*L'Islam, religion et communauté*, Desclée De Brouwer, Paris, 1982) les qualifie d'*anges scribes*.

morceaux, en poussière. Ensuite, des fourmis ramassent les restes, les rassemblent et reconstituent le pécheur. On le bat à nouveau à coups de masse. Il redevient minuscule, brûlant, dévoré par la soif. Il réclame de l'eau ; personne ne lui en donne.

Et je m'étais représentée la géhenne, un gigantesque lieu de supplice où gisaient de toutes parts des hommes calcinés, déchiquetés, dispersés en un amoncellement de mains, de pieds et de têtes en fusion. C'était tellement épouvantable, qu'à partir de ce jour-là j'ai été fâchée avec l'ange de mon épaule gauche, avec le bras et la jambe gauches. Cet ange penché sur mon épaule gauche, je le voyais comme une sorte de secrétaire qui du soir au matin, du matin au soir, prenait des notes à mon sujet. Et il en prenait ! encore et toujours ! avec une seule idée en tête : m'envoyer en enfer. Si je ne disais pas bonjour à une grande personne, si je ne regardais pas les gens droit dans les yeux, si je désobéissais, si je demandais sans arrêt « pourquoi ceci, pourquoi cela ? », si je prenais un verre d'eau sans dire merci, si je ne me levais pas lorsqu'un adulte entrait, si je ne baisais pas la main aux grandes personnes... c'en était fait de moi, je le savais. L'ange de mon épaule gauche, tel un secrétaire zélé, consignait méthodiquement mes péchés, les enregistrait scrupuleusement et réduisait d'autant le moment qui me séparait de la géhenne.

Parfois même, la moindre de mes envies me donnait le frisson. Je tournais alors la tête du côté de l'ange de gauche et lui souriais aimablement : je voulais lui faire croire que je l'aimais bien, me ménager de bonnes relations avec lui pour l'empêcher de rien marquer d'injuste ou de méchant.

L'ange de cette épaule-là était devenu pour moi un cauchemar. Dans la journée, je ne faisais guère attention à lui. Mais, la nuit, une fois couchée, je me retrouvais toute seule et remontais bien haut ma couverture. Je songeais à l'ange de l'épaule gauche et à ce qu'il avait écrit. J'entendais ma respiration et les battements de mon cœur et repassais tous mes péchés de la journée. J'implorais Dieu pour que l'ange n'ait rien conservé de ce que j'avais réellement fait... Et s'il n'avait pas bien compris ceci ou cela ? Qu'est-ce qui se passerait ? Qu'il se renseigne, au moins ! Et, toujours sous ma couverture, je me promettais que, dès le lendemain, je saluerais les grandes personnes et les regarderais droit dans les yeux, ne demanderais plus sans arrêt « pourquoi ceci, pourquoi cela ? », je dirais merci quand on me tendrait un verre d'eau – sûr ! – je me lèverais quand entreraient des grandes personnes et je leur baiserais la main

Je me demandais aussi ce qui se passerait au jour du Jugement dernier, si l'ange avait écrit n'importe quoi, par malice. Je voyais la masse brûlante s'abattre sur moi et m'écrabouiller. Puis des fourmis rassemblaient tous les morceaux de mon corps et le reconstituaient. Les lèvres brûlées, je réclamais de l'eau et personne ne m'en donnait.

Tremblant de tout mon corps, je sentais la sueur ruisseler sur mon visage et tremper mon oreiller. Voilà comment, dans quels tourments, je m'endormais le soir.

Cependant, je suis toujours dans la cuisine, affairée avec oignons, riz et viande. La pièce baigne dans l'odeur de friture. Ma fille déplace toujours ses coussins d'une fenêtre à l'autre, court de pièce en pièce pour mieux contempler la neige qui tombe. Elle ouvre enfin et passe le bras dehors. Un flocon se pose au creux de sa paume.

– Il y a un ange qui s'est posé au creux de ma main !

Elle accourt avec son petit poing fermé.

– Tu sais qu'il y a un ange dans ma main ?

Elle desserre les doigts : une goutte d'eau roule du creux de sa petite paume.

– Tu as vu ? Il s'est envolé ! Il est parti rechercher de la neige. Tu as vu ?

– Non.

– Moi, je l'ai vu. Dis, tu vas m'acheter deux ailes blanches ?

– D'accord.

– Quand ?

– Demain.

– Combien ça coûte ?

– Je n'en sais rien.

Elle fouille hâtivement ses poches, en tire une petite pièce de rien du tout :

– J'ai des sous, on y va.

– Je t'ai dit qu'on irait demain.

Elle incline la tête de côté :

– Pourquoi demain ? Si on y allait tout de suite !

– D'accord, mais attends que j'aie fini.

Elle saute de joie et éclate de rire.

Cette fois, je la regarde avec le chagrin au cœur. Elle file dans la pièce voisine. Et moi, c'est vers le monde des *peut-être* que mes yeux se tournent avec chagrin, un monde dans lequel on peut souhaiter ce qu'on veut, penser à ce qu'on veut, dire tout ce qu'on veut. Dans ce monde, l'infini, c'est demain, c'est aujourd'hui, c'est maintenant. Et les nombres restent des notions abstraites. Mon cœur se serre.

Un moment plus tard, dans la pièce d'à côté, debout à la fenêtre, elle a ouvert et recommencé sa chasse aux anges. Elle risque de prendre froid, de tousser toute la nuit :

– Ferme, tu vas attraper du mal.

Mais elle, catégorique :

– Non. Je veux pas fermer.

– Allez, dépêche-toi de fermer la fenêtre.

– Non. Je regarde la neige.

Il a fallu que je me déplace, les mains grasses, la sueur au front, pour refermer moi-même la fenêtre. De retour à la cuisine, je l'ai entendue qui rouvrait.

Je ne sais pas pourquoi, mais j'ai repensé alors à ma grand-mère et à cette histoire d'anges. Je ne lui ai rien dit et je ne sais pas combien de temps elle est restée devant la fenêtre à capturer des anges, à les relâcher... A-t-elle eu froid ? S'est-elle lassée ? Elle est revenue vers moi, en silence. Au moins elle ne parlait plus d'aller en ville acheter des ailes blanches.

Elle m'a demandé :

– À propos, qu'est-ce que tu disais, tout à l'heure ?

– Eh bien, je ne sais plus, moi...

– Mais si, tu parlais d'anges, mais tu as dit un autre mot...

– J'ai dit *anges gardiens.*

– Oui, c'est ça. C'est leur nom, *Gardien* ?

Et voilà comment, sans le vouloir, je lui ai raconté l'histoire des quatre anges gardiens : je lui ai dit qu'on a chacun un ange devant soi, un derrière, un sur l'épaule droite et un sur l'épaule gauche; je lui ai dit que si l'on fait le bien, on va au paradis et que si l'on fait le mal, on va dans la géhenne; que si l'on n'obéit pas aux adultes, si on ne leur baise pas la main, si on leur demande constamment «pourquoi ceci, pourquoi cela?», si on boit de l'eau sans avoir dit merci avant, si on ne se lève pas au passage des grandes personnes, l'ange de l'épaule gauche note et reporte tout dans *le Livre des actes* et le pécheur est expédié dans la géhenne. Je lui ai dit l'histoire de la masse rougie au feu qui nous réduisait en miettes et je lui ai dit aussi cette histoire de fourmis; je lui ai même dit qu'on crevait de soif, qu'on avait les lèvres brûlées, qu'on réclamait de l'eau sans que personne vous en donne.

Quand j'ai terminé, elle me dévisage d'un air pensif. Et moi, je garde les yeux fixés sur elle, son petit visage rond et ses nattes. Sa bouche est restée grande ouverte. Tout à coup elle s'éloigne. Elle va fermer la fenêtre dans la pièce voisine. Elle ne dit plus rien. Ses gestes ont perdu toute légèreté.

Elle dîne en silence. Sans faire ses pitreries habituelles. Elle a sommeil maintenant. Elle vient près de moi, comme chaque soir. Je lui mets son pyjama et je l'embrasse. Je lui récite alors la prière que j'ai composée et que je lui répète tous les soirs en caressant ses longues nattes:

Rêve du soleil et de la lune!
Rêve de l'herbe et de la fleur!
Rêve de moi!

– *Oui*, répond-elle d'habitude en riant, *je vais rêver de toi.*

Elle va se coucher et remonte sa couverture. Je la laisse.

Il est tard. J'ai fini mon travail. En allant me coucher, je vais voir ma fille. Elle s'agite sous les draps. Les autres soirs, après lui avoir dit, au creux de l'oreille, la prière du soleil et de la lune, de l'herbe et de la fleur, je la dépose sur son lit et, à peine a-t-elle la tête posée sur l'oreiller, qu'elle s'endort.

Je soulève la couverture. Elle frissonne. Elle ne dort pas. L'angoisse perce à travers les deux yeux engourdis de fatigue qui me regardent. Elle doit être terrorisée par l'ange qui se tient au-dessus de son épaule gauche et par le *Livre des actes*. Elle doit se dire : pourvu que l'ange du côté gauche ne note rien d'inexact, rien de malveillant...

Ces murs qui nous écoutent

Notre collègue maigrissait de jour en jour ; tous nos collègues maigrissaient de jour en jour. Il flottait dans ses vêtements ; tous flottaient dans leurs vêtements. Il devenait couleur de cire ; tous devenaient couleur de cire. Il avait les cheveux de plus en plus blancs ; ils avaient tous les cheveux de plus en plus blancs.

Le matin, quand j'arrivais au bureau, j'avais l'impression de ne pas avoir vu ces gens-là depuis des années. Leurs paupières étaient chaque jour un peu plus ridées que la veille. Aux commissures des lèvres, deux sillons en forme d'arcs semblaient s'être creusés plus profondément. Leurs bouches prenaient l'aspect de vieilles souches d'arbres. C'était comme si leur peau aspirait à coller sans délai à leurs os. Et je voyais leurs yeux pressés de rentrer au fond de leurs orbites, jusqu'à atteindre la paroi interne de la nuque ; j'étais terrifiée à l'idée qu'un jour ils y parviennent pour de bon et ressortent de l'autre côté en clignant des paupières...

C'était un grand bureau, très haut de plafond. Les murs étaient couverts de portraits, en divers formats, du Grand personnage. On le voyait assis, debout, installé à son bureau ; tantôt souriant, tantôt sérieux ; avec lunettes, sans lunettes ; parfois en plein discours, parfois immobile et silencieux. Sur certains, il posait avec les mains le long du corps, mais on le voyait aussi adossé à son fauteuil. Grand personnage par ci, Grand personnage par là... Il nous jetait des regards pleins de méfiance et de haine, à mes collègues et à moi.

Ces portraits nous terrorisaient et nous faisions tout pour éviter que nos regards ne croisent celui du Grand personnage. À force de baisser les yeux, nous gardions tout le temps la tête penchée et ne pouvions plus la relever. Nous tentions bien, parfois, de nous redresser, mais nos têtes retombaient d'elles-mêmes exactement comme des objets qui n'auraient plus dépendu de nous ; oui, c'est bien cela, je ne peux pas mieux dire.

Dans le bureau régnait un silence angoissant. Pas un mot. Comme si la ville avait livré à notre service son propre silence et sa propre angoisse ; mais à part cela, qu'aurait-elle pu nous livrer ? Seuls des froissements de papier venaient troubler de temps à autre le silence et ces bruits dérisoires nous faisaient, chaque fois, tressaillir.

Notre collègue était assis juste en face de moi – les autres étaient répartis de chaque côté – et je ne le quittais pas des yeux. Il avait tout le temps la tête penchée et ne pouvait plus la relever.

Nous étions de moins en moins nombreux à travailler dans ce service. De temps en temps quelqu'un frappait, entrait et prononçait un nom. Un de nos collègues se dirigeait alors, tête baissée, vers la sortie, pour ne plus jamais revenir. Ils le liquidaient et l'enterraient. Peut-être même l'enterraient-ils avant de l'avoir liquidé... Qu'est-ce qu'on en sait ? Quelques jours après, un autre arrivait et s'asseyait à sa place. Bientôt, le nouveau venu commençait lui aussi à maigrir, à pâlir ; ses cheveux blanchissaient, ses paupières se ridaient, deux sillons en forme d'arcs se creusaient aux commissures de ses lèvres, sa bouche prenait l'aspect d'une vieille souche, sa peau collait à ses os et ses yeux rentraient irrévocablement et sans délai dans leurs orbites, jusqu'à atteindre la paroi interne de la nuque. Un jour, il se mettait à avoir peur des portraits, baissait la tête et restait définitivement courbé : il était devenu – comment dirais-je ? – notre *collègue à part entière.*

Les heures, les minutes passaient avec lenteur.

Un jour j'ai apporté un livre au bureau, un de ceux que je connaissais par cœur à force de les relire. Je me suis assise à ma place, j'ai sorti lentement le volume de ma poche et je m'apprêtais à le feuilleter quand, tout à coup, notre collègue a sursauté. Sans me quitter des yeux, il a montré discrètement le mur, de son doigt desséché ; le mur ou les portraits... ce n'était pas très clair. En regardant les portraits du Grand personnage avec leurs regards haineux, j'ai eu l'impression qu'ils voulaient s'échapper de leurs cadres pour se ruer sur moi ; mais les cadres les retenaient. J'ai ressenti de la sympathie pour eux, de la reconnaissance. J'ai remis lentement, discrètement, le livre dans ma poche et je me suis dit, toute fière, que je venais de dérober quelque chose au Grand personnage. Notre collègue m'a fait un signe de tête. Ça m'a décontenancée. Ma main s'est mise à trembler ; je l'ai posée sur la bosse qui saillait de ma poche pour la dissimuler aux regards des portraits. Je les sentais pleins de haine ; je voyais bien qu'ils essayaient de s'échapper de leurs cadres pour se ruer sur mon livre.

Le temps passait avec lenteur ; le froissement du papier résonnait avec un écho terrifiant. J'ai regardé ma montre. Chaque instant durait autant qu'un siècle ; on aurait dit que le temps s'était révolté et refusait désormais de s'écouler. Je me suis demandée ce qui se passerait, si cela devait nous arriver réellement : mes collègues et moi, nous resterions ainsi, assis à nos bureaux, tête baissée, pour des siècles et des siècles, à pourrir lentement sous les yeux du Grand personnage. Je tremblais si fort que j'ai dû me lever. Cachant d'une main la bosse que formait le livre dans ma poche, de l'autre agrippant mon sac, j'ai pris mes jambes à mon cou et j'ai couru dans les couloirs sombres et étroits, aux murs couverts de portraits du Grand personnage.

Je me suis retrouvée dehors. Sur les murs de la ville, il y avait des portraits identiques, mais, cette fois, de taille gigantesque. Ça et là, quelques passants traînaient leurs corps minuscules sous les portraits géants, créatures pitoyables déjà bien en peine de supporter leur propre poids.

J'ai longé des habitations sans vie ; les occupants avaient effacé leurs noms sur les portes, laissant ainsi autant d'espaces vides et inquiétants. Je savais que c'était la peur qui les y avait contraints. Beaucoup de magasins avaient le rideau tiré ; il me semblait que d'invisibles paires de mains les empêchaient de rouvrir. Et les commerçants ? Liquidés ? Enterrés sans même avoir été liquidés, comme nos collègues...

La ville est vide et silencieuse. Et ce vide, ce silence inspirent la terreur. Et les portraits aussi inspirent la terreur autour d'eux, dans cette ville qu'ils retiennent prisonnière.

J'entends alors derrière moi une voix étouffée ; je me retourne : c'est mon collègue. Il jette un regard méfiant autour de lui et s'approche. Tendant une main crochue comme une serre, il happe prestement le livre de ma poche et le dissimule en un clin d'œil sous sa veste trop large. Encore un regard furtif autour de lui, il marmonne entre ses dents : « Allez m'attendre au bord de la rivière ». Et il disparaît.

Je la connais bien, cette rivière. Elle traverse la ville de part en part et, comme une flèche, la divise en deux demi-cercles. À chaque fois que je la longe, elle me fait pitié. Elle se traîne et languit à longueur d'année après cette eau qui lui fait tant défaut. Le peu de courant qui lui reste charrie les ordures de la ville. Elle a tellement honte de son propre lit qu'elle en répand l'odeur tout au long de ses rives. Au bord de la rivière, j'ai toujours envie de me boucher le nez. Mais je sais qu'elle a honte, je ne lui en veux pas et je m'abstiens. Mes poumons s'emplissent alors de sa puanteur et je me sens pourrir, moi aussi.

Parvenue sur la berge, je m'appuie au parapet et commence à attendre dans l'atmosphère putride. Je regarde ma montre. Mon collègue n'arrive pas. Portant la main à ma poche, je tâte la place vide laissée par le livre ; mon cœur se serre. J'aperçois enfin mon collègue, au loin. Il marche lentement, s'arrête à intervalles réguliers et regarde bien autour de lui. Il s'approche encore, s'arrête près de moi, puis, brusquement, il tire mon livre de sa veste et le jette à la rivière. Je bondis :

– Qu'est-ce qui vous prend ?

Il ne dit rien. Mon livre dégringole vers les ordures. Il ne va pas tarder à les atteindre. On dirait qu'il me lance des appels de détresse, mais je suis incapable de l'aider. Appuyée au parapet, je lève les yeux. Et les montagnes qui cernent la ville, de l'autre côté de la rivière, s'imposent à mon regard. Elles sont immenses ; on croirait voir des *déous*[1] monstrueux, accroupis tout autour de la ville, en train de soupeser les êtres, d'évaluer leur poids.

Je n'aime pas ces montagnes. Quand j'étais petite, j'étais persuadée qu'elles me volaient le soleil. Et là, en les regardant, je retrouve l'enfant que j'étais, qui avait peur dans le noir et redoutait la nuit. À cette époque, je priais toute la journée pour qu'il ne fasse pas nuit, pour que le jour dure sans arrêt. L'obscurité me donnait des battements de cœur. Je leur en voulais, aux montagnes ; il y avait entre elles et moi, du matin au soir, une secrète animosité : elles passaient la journée – j'en étais sûre –, à préparer l'enlèvement du soleil. Alors, toute la journée je priais pour que, le soir, il ne fasse pas nuit et que le soleil reste avec moi. Mais la nuit

1. *Déou* : du vieux-perse *daeva* (celui qui brille). Anciennes divinités indo-iraniennes du panthéon mazdéen dont le culte s'est maintenu en quelques endroits, même après l'invasion musulmane. Ces esprits passaient pour anthropophages ou nécrophages. On les imaginait hantant les cimetières après le coucher du soleil (NdT).

tombait ; les sommets avaient gagné. Les ténèbres enveloppaient la ville, les montagnes se teintaient de noir ; je croyais les voir remuer, respirer, haleter, comme les *déous* dont ma mère me racontait l'histoire. Elles s'avançaient, encerclaient la ville et rugissaient : « Ça sent le petit d'homme, par ici ! Ça sent le petit d'homme ! » N'était-ce pas moi, le petit d'homme ? À travers mes vitres ouvertes, les montagnes, alors, apparaissaient ; ou plutôt elles s'y encadraient toutes entières. J'étais terrorisée ; je me levais, courais à la fenêtre et la claquais de toutes mes forces ; elle se fermait dans un bruit terrible. Un soir, mon père m'avait crié, depuis sa chambre :

– Qu'est-ce que tu fabriques ? Qu'est-ce qui se passe ?

– Je ferme la fenêtre.

– Mais pourquoi ? Il fait chaud !

– Tu n'entends pas ?

– Entendre quoi ?

– Les montagnes...

– Eh bien ! qu'est-ce qu'elles ont ?

– Elles disent « ça sent le petit d'homme par ici ; ça sent le petit d'homme !... » Elles me cherchent !

Mon père s'était précipité, je l'avais entendu courir. Les yeux tout ensommeillés, il avait souri et dit :

– Allez, rendors-toi !

– Je veux que tu battes les montagnes.

– D'accord, mais tu dors.

– Tue-les !

– Je les tuerai, mais rendors-toi.

J'avais sauté du lit, couru chercher un grand bâton et je le lui avais tendu, terrifiée.

– Bats-les avec ça ! Tu les entends ? Tue-les avec ça !

Mon père avait pris le bâton. Il en avait assez, il tombait de sommeil. L'arme devait être un manche à balai, je ne sais pas au juste, mais c'était le seul moyen de défense que j'avais à portée de main. Il l'avait contemplé d'un œil las.

– Il faut que tu dormes, à présent.

Il avait remonté ma couverture encore chaude d'avoir contenu mon corps en nage et cette chaleur était agréable. Sa main avait à peine lâché la couverture que je lui avais demandé :

– Mais où est-ce qu'il va, le soleil, la nuit ?

– Derrière les montagnes.

Montagnes... montagnes... le mot résonnait dans ma tête, avec un écho effrayant.

– On ira voir derrière les montagnes ?

– Mais oui, on ira ! on ira ! avait dit mon père, à bout de nerfs.

– On emmènera maman ?

– D'accord.

– Quand ?

– Un jour.

Un jour... je ne sais pas si *un jour* c'était quelque chose de proche ou de lointain, si c'était demain, jamais... ; en tout cas, ce qu'il avait dit m'avait rassurée. Sa main pesait sur la couverture et, sous ce poids délicieux, mon corps d'abord s'était fait lourd puis de plus en plus léger à mesure que je m'endormais.

Et là, après toutes ces années, il me semble à nouveau voir remuer les montagnes et les entendre rugir : « Ça sent le petit d'homme, par ici ; ça sent le petit d'homme... » J'ai envie de me confier à mon collègue, mais il pose son doigt sur ses lèvres et me fait signe de m'éloigner du parapet ; je lui obéis. Il s'approche ensuite et me dit, au creux de l'oreille :

– Méfiez-vous des murs. Même des parapets.

Il garde la tête baissée ; il est incapable de la tenir droite.

– Dans les murs il y a des petites bêtes – il parle de plus en plus vite –, et elles ont... des oreilles.. Enfin... je veux dire... *les murs* ont des oreilles. Oui, oui, les murs ont des oreilles ; les murs nous écoutent.

Il montre les murs du doigt. Ils sont couverts de portraits. On croit les entendre scander inlassablement : « Ça sent le petit d'homme, par ici ; ça sent le petit d'homme... » On croit aussi entendre les portraits répéter après eux : « Ça sent le petit d'homme, par ici ; ça sent le petit d'homme... » Et je me rends compte que les portraits sont bordés d'un rouge aussi cru que du sang frais.

Mon collègue me fait signe de m'éloigner. Nous marchons encore un peu et arrivons à un parc. Les bancs sont vides et ce vide me fend le cœur comme il fend le cœur de mon collègue. Il me les montre du doigt et hoche la tête avec nostalgie. Il a les yeux pleins d'amertume. Il jette un long regard alentour, approche sa bouche de mon oreille et chuchote du plus bas qu'il peut :

– Vous avez d'autres livres ?

Plutôt que de répondre à sa question, je lui demande pourquoi il a jeté mon livre à la rivière ; mais lui aussi esquive la question. Il s'agite. Il insiste :

– Vous avez d'autres livres ?

– Oui.
– Où sont-ils ?
– Chez moi.
– À quel endroit ?
– Dans ma bibliothèque.

Il a comme un tremblement ; on dirait qu'il veut se faire tout petit.

– Et les voisins ne les voient pas ?
– Je n'en sais rien.

Il inspecte à nouveau les environs.

– Vous connaissez un endroit où on pourrait se parler ?
– Non.

Il pince les lèvres : je ne sais pas s'il pleure ou s'il rit. Il se met à parler tout seul.

– Dans cette grande ville, dans ce vaste pays, dans ce monde immense, il n'y a pas un seul endroit où deux personnes peuvent s'asseoir et causer. Pas un seul.

J'observe la ville et elle me paraît soudain minuscule. Tout – le pays, le monde – semble se réduire à quelque chose d'encore plus petit qu'un atome. J'ai envie de le dire, mais mon collègue reprend :

– Ce monde est immense mais, par endroits, tellement étriqué que la vie en devient impossible.

Sa voix et la mienne me semblent ne plus faire qu'une. N'est-ce pas moi qui, en réalité, parle par sa bouche ? Cette idée me fait plaisir.

– Pourquoi est-ce que vous avez jeté mon livre à la rivière ?

Il ne répond pas.

Et puis, la tête toujours baissée :

– Vous savez, cela fait des années que j'ai oublié ma

langue dans un coin de ma bouche, des années... et c'est très bien ainsi. Vous devriez faire la même chose, cela vaudrait mieux pour vous.

Il se met à parler lentement.

– Ma langue, depuis maintenant bien longtemps, n'est plus qu'un morceau de muscle, un simple muscle qui accomplit toujours les mêmes mouvements et a oublié tous les autres. Parfois, j'en viens à penser que je n'ai même plus besoin d'elle, qu'elle ne sert plus à rien. J'aurais pu vivre tranquillement sans elle, bien tranquillement. Mais pour mes livres, j'étais prêt à tout.

Je suis sidérée ; mon collègue n'a pas l'air de quelqu'un qui lit des livres. Pourtant, je lui demande machinalement :

– Vous avez des livres, vous aussi ?

Les miens, il y a longtemps que je les lis et relis, que je les rumine. Il ne dit rien. Je crains qu'il ne s'éloigne et je le retiens par la manche :

– Dis, tu pourras me prêter des livres ?

Voilà que ma tête s'est penchée en avant et ma voix est devenue suppliante. Il parle, mais je ne comprends rien. Je m'approche :

– Comment ? Qu'est-ce que tu dis ?

Il jette alentour un regard méfiant.

– Eh bien, justement, ce que je voulais dire, c'est que... j'ai enterré mes livres. Il y a très longtemps.

Je n'en crois pas mes oreilles. Je reste bouche bée.

– Tu as *enterré* tes livres ? Qu'est-ce que ça veut dire ?

Notre collègue ne dit rien. Il tire un mouchoir de sa poche et le passe sur ses yeux. Le mouchoir est tout mouillé ; ce n'est pas la première fois qu'il pleure. Soudain, on entend un bruit de pas. Il fourre le mouchoir dans sa poche, se redresse et, une main sur la hanche, les yeux pleins de larmes, il se force lamentablement à sourire. À peine les pas se sont-ils éloignés qu'il recommence à pleurer.

– Oui, dit-il dans un sanglot, je les ai enterrés. Mes livres, ce sont mes enfants ; et je les ai enterrés vivants ! Il y a des mois, des années... je ne sais même plus. Mon Dieu ! Dire que j'ai fait ça ! Pauvre de moi !

Sa voix vibre à donner le frisson.

– Tu as d'autres livres ? demande-t-il dans un souffle.

– Oui, beaucoup.

– C'est de la folie !

Il baisse encore la voix.

– Brûle-les. Ce soir.

Son regard change d'expression, on ne sait plus s'il pleure ou s'il rit.

– Non, ne les brûle pas... Ce serait un crime ! Moi non plus, je n'ai pas pu. J'ai voulu le faire, pourtant. Un soir à minuit, j'en ai fait un grand tas, j'ai craqué une allumette, je l'ai approchée d'une page... Et d'un seul coup, c'est comme s'ils m'avaient tendu les bras en poussant des hurlements. Je n'ai pas pu me retenir. Je me suis allongé sur eux et je les ai serrés dans mes bras. Le feu s'est éteint. Depuis, j'ai perdu le sommeil. Quand il m'arrivait malgré tout de dormir, je rêvais que je couchais les enfants les uns à côté des autres, que je craquais une allumette et l'approchais de la chemise de l'un d'eux. Ils se mettaient à hurler et tendaient vers moi leurs pauvres petits bras tout maigrelets. J'émergeais de mon rêve couvert de sueur et je m'asseyais. Ma femme, elle, sautait à bas du lit et me traitait de tous les noms :

– Espèce de sans cœur !

– Mais qu'est-ce qu'il y a, enfin ? Qu'est-ce qu'il y a ?

– Tu n'as pas honte ? Tu parles en dormant et tu dis que tu vas brûler les enfants. Oui, monstre, les *brûler*, tu dis qu'il faut les brûler !

Je ne comprenais pas ce qui m'arrivait. Tous les soirs je faisais le même rêve. Je me suis aperçu peu à peu que ma femme faisait tout pour que les enfants ne se retrouvent jamais seuls avec moi. Elle a commencé à se méfier de moi et a pris ses distances. Bientôt, je me suis rendu compte qu'elle ne pouvait plus me supporter. Quand je lui demandais des explications, elle répliquait :

– Quel culot ! Après ce que tu as dit cette nuit ! Sans cœur ! Mais qu'est-ce qu'ils t'ont donc fait, les pauvres ?

J'ignorais ce que j'avais pu raconter pendant mon sommeil, mais ce qui est sûr, c'est que chaque nuit je rêvais que je couchais les enfants les uns à côté des autres et que j'approchais une allumette enflammée de la robe de la plus petite ; le tissu prenait feu. Terrorisée, elle tendait vers moi ses petits bras.

Je voyais bien que ma femme me regardait d'un œil bizarre et qu'elle s'occupait de tout, toute seule. Nous avons deux filles et un garçon : partout où elle allait, elle traînait les trois à sa suite. Elle les emmenait au marché, elle s'enfermait avec eux... bref, elle ne les laissait pas un instant seuls avec moi. Quand, par exemple, elle se rendait à la cuisine, les trois la suivaient ; ou encore quand elle allait aux toilettes : ils y allaient avec elle et elle fermait à double tour. Non seulement je ne pouvais plus rester une seule seconde avec eux, mais elle en portait toujours un sous le bras et les autres devaient agripper sa robe. Et c'est dans un tel appareil qu'elle s'occupait de la maison. Des fois, elle était blême, épuisée, alors je m'approchais pour l'aider ; mais dès que je tendais les bras pour prendre la plus petite elle devenait complètement déchaînée. Elle me lançait : « Non, pas question ! Je peux très bien m'en occuper moi-même ! » et je n'avais plus qu'à m'asseoir dans mon coin.

Elle enfermait à clé toutes les boîtes d'allumettes. Parfois j'en achetais en cachette, mais, dès que je voulais allumer une cigarette et qu'elle entendait le frottement fatidique, elle accourait, hors d'elle, m'arrachait tout des mains et quittait la pièce en poussant les enfants devant elle. Moi, j'étais complètement désemparé ; je m'allongeais et j'essayais de dormir. Mais je n'étais pas endormi que déjà le même rêve réapparaissait. Je m'agitais et me relevais. Je n'osais pas lui raconter mon cauchemar. Quant à elle, elle perdait du poids de jour en jour ; elle est devenue maigre comme un clou. J'ai appris par la suite que, ces nuits-là, elle ne dormait pas pour me surveiller. Avant de se coucher, elle sortait les boîtes d'allumettes de l'endroit où elle les gardait sous clé et allait les cacher ailleurs. Quand nous allions nous coucher, je voyais bien qu'elle m'observait du coin de l'œil. Au moindre bruit, elle se dressait sur le lit et se précipitait vers celui des enfants où, après être revenue encore me dévisager, vérifier que je n'avais rien dans les mains, elle finissait par s'endormir. Je pensais tous les jours à mes livres. Je savais que ceux de nos collègues qui nous quittaient pour toujours en avaient tous eu ; donc il fallait que je fasse disparaître les miens. J'ai décidé un jour de les enterrer en secret. Un soir à minuit, je me suis levé. Il faisait un noir d'encre. On n'entendait rien. Je suis allé sans un bruit prendre ma pelle et j'ai commencé à creuser dans un coin de la cour. Mais ma femme s'était réveillée en sursaut et m'a rejoint, après avoir verrouillé derrière elle la chambre des enfants. Elle tremblait comme une feuille et claquait des dents. Elle m'a demandé ce que j'étais en train de faire.

– Je vais tous les enterrer. Il n'y a pas d'autre solution.

Alors, elle a poussé un cri inouï. Elle hurlait à ne plus pouvoir s'arrêter et appelait les voisins à la rescousse. Personne n'est venu, mais je savais bien qu'ils étaient tous là, derrière leurs fenêtres, à me surveiller. Les hurlements de ma femme résonnaient dans le silence de minuit avec un écho fantastique. Mais personne n'est venu. J'ai plaqué ma main sur sa bouche. Ses bras et ses jambes se débattaient dans tous les sens. Je sentais toujours la présence des voisins derrière leurs fenêtres. J'avais honte. J'ai porté ma femme jusqu'à notre chambre et là, peu à peu, elle s'est calmée. Puis elle s'est levée d'un bond et a couru jusqu'à la chambre des enfants ; elle s'y est engouffrée et s'est jetée sur leur lit. Ils dormaient tous les trois, bien alignés sous la couverture. Elle les a serrés dans ses bras et a fondu en larmes.

– Vampire ! Qu'est-ce qu'ils t'ont fait, hein ? Dis-moi ce qu'ils t'ont fait !

Je n'ai rien répondu. Je ne lui ai pas dit que ce que je voulais enterrer, c'étaient mes livres... Je craignais qu'elle ne le répète aux voisins – s'il l'apprenaient, j'étais fichu ! Elle a pleuré comme ça jusqu'à l'aube. Quand le jour s'est levé, elle a soufflé quelque chose dans l'oreille des enfants, qui m'ont alors lancé des regards étranges, pour me faire comprendre que désormais des années-lumière nous séparaient et que, faute de pouvoir les franchir, je resterais à jamais éloigné d'eux. Ma femme a fait ses valises, a pris les enfants avec elle et est partie chez son père. J'y suis allé plusieurs fois pour tenter de ramener tout le monde à la maison ; on ne m'a même pas laissé entrer. Elle a raconté partout que j'avais des accès de folie, qu'un soir je m'étais mis en tête d'enterrer nos enfants. Les voisins ont témoigné qu'une nuit ils m'avaient vu, à travers leurs fenêtres, creuser une fosse dans un coin de la cour. J'ai appris aussi que ma femme avait porté plainte au motif que j'avais voulu « enterrer vivants » nos enfants.

– Vous êtes sûre, a demandé le policier, que ce n'était pas autre chose qu'il voulait enterrer ? Un livre, un document ou quelque chose comme cela...

Elle a confirmé ses déclarations, mais le policier ne la croyait pas. Il a recueilli le témoignage des voisins : ils ont affirmé m'avoir vu une nuit en train de creuser une fosse dans un coin de la cour pour enterrer mes enfants. L'inspecteur a examiné nos enfants de la tête aux pieds :

– C'est une histoire à dormir debout, vous êtes sûrs que ce n'était pas autre chose qu'il voulait enterrer ? Un livre, un document ou quelque chose comme cela...

Et ils ont tout confirmé. Alors le policier a poussé un soupir de soulagement et ordonné aux voisins de continuer à me surveiller la nuit à travers leurs fenêtres, pour voir si ce n'était pas *autre chose* que j'enfouissais. Et puis, il les a laissé partir. Je n'ai jamais revu ma femme, ni mes enfants. J'ai seulement continué à sentir la présence des voisins, la nuit, derrière leurs fenêtres. À la maison, il n'y avait plus que mes livres et moi : je n'étais pas seul, c'était l'essentiel. Mais j'avais encore plus peur qu'avant. Je n'ouvrais plus les rideaux de ma chambre, de crainte que les voisins ne voient mes livres. Un soir, j'ai décidé de les enterrer dans ma chambre. À minuit, je me suis levé sans bruit, j'ai tiré le verrou et écarté les tapis. Et je me suis mis à creuser. J'en suis venu à bout en quelques nuits. Je devais creuser sans faire de bruit et, le matin, bien verrouiller avant de partir au bureau. Quand la fosse m'a paru assez profonde, j'ai sorti mes livres de la bibliothèque et je les ai descendus dedans. J'ai remis de la terre par-dessus et, après avoir acheté un sac de ciment, j'ai reconstitué le sol de la chambre. Enfin j'ai redisposé les tapis. Dans la bibliothèque, à l'emplacement laissé par les livres, j'ai rangé la pioche, la pelle et les autres outils. C'était étrange ; je me suis retrouvé tout d'un coup incroyablement seul et j'ai senti que cette solitude allait être insupportable. La bibliothèque me lançait des regards de reproche. J'étais complètement seul. Il n'y avait plus personne chez moi. Non seulement j'étais seul à la maison, mais j'étais aussi seul au monde. C'était horrible. C'est au cours de ces nuits-là que j'ai poussé mon lit à l'endroit que j'avais rebouché, de façon à dormir sur mes livres. Nuit et jour la même obsession me tenaillait : j'étais persuadé qu'ils me parlaient. J'entendais leurs voix, ils essayaient de me réconforter, de me donner du courage. Mais depuis, quand je sors de la maison et que mes yeux aperçoivent les portraits sur les murs, j'oublie tout ce que mes livres ont pu me dire, mon courage s'envole et la peur me gagne. J'ai l'impression que les portraits sortent de leurs cadres et se ruent sur moi. Alors je deviens tout pâle. Je sens blanchir mes cheveux ; je sens blanchir la pointe de chacun d'eux. Ce blanc remonte lentement avec un grincement atroce. Je sens mes cheveux blanchir. Je sens mes paupières se rider. Je sens s'incruster deux arcs au coin de mes lèvres et je les entends s'enfoncer dans ma chair. Ma peau s'est collée à mes os. Mes yeux s'enfoncent de plus en plus, comme s'ils avaient envie de toucher la nuque. Mon cou se tasse de plus en plus et ma tête tombe en avant. Mon cou ne sait plus tenir droit...

Pendant tout le temps où mon collègue a parlé, j'ai pu constater qu'il ressemblait de façon troublante à nos autres collègues. Mais un vague bruit de voix nous parvient. Il montre les murs en silence, puis me glisse son adresse à l'oreille :

– Tu prends l'avenue aux arbres tronqués[1], puis la première à droite et ensuite encore à droite. C'est la porte verte un peu sale.

Brusquement, sans un mot de plus, comme si quelque chose ou quelqu'un lui faisait peur, il me laisse plantée là et s'éloigne d'un pas pressé. Je me hâte de rentrer chez moi. Arrivée à la maison, je rassemble tous mes livres et les cache derrière un rideau.

Le lendemain, je retourne au bureau. Les portraits n'ont pas bougé. Terrorisée, je m'assieds à ma place.

1. En Afghanistan, les rues, souvent, ne portent pas de nom (NdT).

Cette fois, je n'ai pas apporté de livre. Mes collègues, silencieux et impassibles, ressemblent à des fantômes ; ils entrent, vont s'asseoir et penchent lentement leur tête en avant. La chaise de mon collègue, elle, demeure vide ; il n'arrive toujours pas. Nous restons ainsi les yeux rivés sur cette chaise vide. Mes collègues ont encore maigri et flottent un peu plus dans leurs vêtements, ils ont pâli, leurs cheveux ont blanchi. Aux commissures de leurs lèvres, deux arcs profonds se sont incrustés et leurs bouches se sont métamorphosées en vieilles souches d'arbres. Tout le monde se tait. Sur les murs qui nous entourent, le Grand personnage trône toujours, bien à sa place dans son propre portrait, et nous tient à la merci de ses yeux pleins de méfiance et de haine.

Le temps passe, lent, cruel, terrifiant. Comme s'il était le complice des portraits. Moi, je n'arrête pas de penser à mon collègue et à ses livres. Quand vient l'heure de la sortie, nous nous séparons sans un mot et chacun s'en va de son côté. Je me rends directement à l'adresse que m'a indiquée mon collègue. Dans l'avenue aux arbres tronqués je m'aperçois, en longeant leur double alignement, que leurs énormes troncs ont été sciés à mi-hauteur. Leurs racines émergent du sol, pitoyables. Aussi loin que porte le regard, on ne voit que l'effrayant spectacle d'arbres coupés...

Je presse le pas, prends la première rue à droite, puis m'engage dans la ruelle. La vieille porte verte est entrebâillée. J'entre, traverse la cour et pénètre dans le vestibule de la maison. Tout est grand ouvert et toutes les pièces sont vides. La chambre ressemble à une caverne ; il y a un grand trou dans le sol et une poussière imprégnée d'odeur de papier brûlé flotte dans l'air. Je sors en suivant la fumée et parviens à un tas de papier en feu. Je n'en crois pas mes yeux ; les jambes tremblantes, je m'assieds par terre. Les livres de mon collègue sont en train de se consumer. Mon sang se glace, j'ai l'impression qu'il s'est arrêté de circuler et mes jambes se figent. J'essaie de me lever mais je n'y arrive pas ; l'odeur de papier brûlé m'a paralysée.

Je ne sais pas combien de temps je suis restée devant ce tas de livres en feu, mais, pendant tout ce temps, j'ai senti mes cheveux blanchir, de la pointe à la racine vers laquelle, avec un grincement atroce, j'entendais monter lentement cette blancheur. À l'heure où je vous parle, j'ai toujours la tête pleine de cette odeur de papier brûlé et j'écoute avec horreur mes cheveux qui blanchissent.

Postface

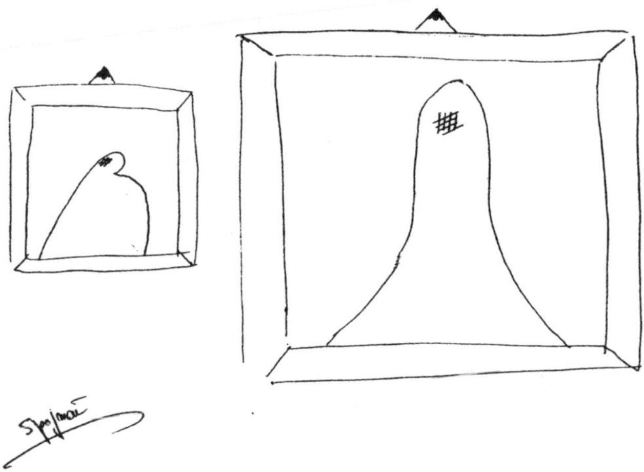

Spôjmaï – son prénom signifie la « Pleine Lune » – est l'un des trois plus grands écrivains afghans de notre temps : avec les deux poètes, Khalîlî, mort en exil, et Madjroûh, assassiné. Elle contemple ce bas-monde comme s'il se barrait sans cesse, sous son regard, de nuages mi-lustrés, mi-noirs. Son perpétuel enchantement à se représenter le monde se strie d'angoisse : ainsi voit-on l'univers à travers les barreaux d'une prison. L'image de pareille incarcération, vive lumière bariolée de tristesse, est sienne.

Dans l'une de ses meilleures nouvelles[1], elle évoquait ainsi la vision, à jamais biffée, d'une de ses tantes, Afghane d'âge mûr et d'observance traditionnelle :

« (Elle) revêt enfin un grand voile gris dont elle baisse « la résille devant son visage : quand elle s'adresse à « moi, j'ai l'impression qu'elle me parle de derrière un « énorme mur. Elle regarde autour d'elle à travers les « mailles de la résille. On dirait qu'elle regarde le « monde derrière une fenêtre qui en modifie la couleur. « Toutes les femmes ne voient-elles pas le monde à « travers une fenêtre ? Pendant que je la regarde je

1. « Les Bottes du délire », in *La Plaine de Caïn*, éd. Souffles, Paris 1988, p. 108 ; traduction de Didier Leroy.

« m'imagine que les mailles grossissent et deviennent « les barreaux d'une cellule. C'est à travers les barreaux « d'une cellule que me parle ma tante, que parlent « toutes les autres femmes dans le monde, comme moi. »

Cependant Spôjmaï, citadine de Kaboul de bonne famille, née en 1949, avait exactement dix ans quand le Prince-Régent de l'Afghanistan d'alors, un nationaliste laïc convaincu, le puissant et bourru Dâoûd, permit aux femmes de son pays d'ôter, enfin, le voile grisâtre à multiples plis, au masque barré d'un grillage à hauteur des yeux : le *tchâdorî*, « rideau », sous lequel tant de citadines afghanes, depuis treize siècles, se grillageaient[1].

Sans doute, les citadines de condition plus modeste, à peine pubères, se masqueraient-elles longtemps encore : par habitude de toute une vie, ou sous contrainte familiale. Ainsi la tante de Spôjmaï. Mais la jeune fille, comme tant de camarades de son âge, de son rang, de sa condition sociale, allait fréquenter l'école – le visage libre. Sans savoir que les *Tâlebân* rétabliraient le grillage et supprimeraient l'école, en 1996.

J'eus le bonheur, dans ma propre jeunesse, d'être témoin de ces kyrielles d'adolescentes joyeuses aux grands yeux noirs émerveillés, en uniformes sombres et fichus blancs, mais gazouillant de rires dans les rues de Kaboul. Spojmaï en était.

Les années 1959-1978 virent l'explosion des talents, des sensibilités, des aspirations d'une première généra-

1. Les paysannes et nomades, astreintes aux travaux ruraux, ne se drapent que d'un pesant châle (mais vite ramené sur la bouche en présence d'un étranger).

tion féminine afghane. Elles devinrent maîtresses d'école, médecins, directrices d'hôpital, administratrices de la fonction publique – ou comme Spôjmaï, écrivains.

Je me souviens de la réception d'un diplomate occidental de mes amis à Kaboul, en 1970, où Spôjmaï vint accompagnée de sa tante, toutes deux élégantes, minces, robes à l'européenne, longues chevelures de jais, rires éclatants. Elle m'éblouit pour la première fois de son érudition littéraire tant persane qu'occidentale, de ses références très sûres à la peinture. Je lui montrai des photos de mes voyages, à cheval, dans l'arrière-pays. Elle évoqua, spontanément, des scènes rurales de Breughel.

Insouciante de toute menace extérieure, gaiement dépourvue de la moindre conscience géopolitique, la génération féminine urbaine de Spôjmaï grandit dans l'illusion de la paix, attentive seulement – n'était-ce pas assez ? – à défendre et à promouvoir son émancipation sociale, son épanouissement personnel, son ouverture culturelle sur le monde, la libération de ses sœurs. Les livres – en langues étrangères comme en persan – étaient alors abondants à Kaboul, jusque sur les étals du grand carrefour marchand devant le nouvel hôtel Spînzar. Les principaux lycées de la capitale assuraient l'enseignement du français, de l'anglais, de l'allemand, du russe. Spôjmaî, francophone accomplie, nourrit sa sensibilité de la lecture de nos symbolistes.

Les barreaux retombèrent le 27 avril 1978. Ce jour là, le Prince Dâoûd regarda les sombres petits trous d'une rangée de pistolets, braqués sur lui par ses officiers de confiance, tous éduqués à Moscou. Les officiers ouvrirent le feu sur Dâoûd, pour l'abattre avec toute sa famille, et livrèrent leur pays à l'occupation de l'Armée Rouge qui dura du 27 décembre 1979 au 15 février 1989.

Sans doute la nouvelle dictature communiste voulut-elle pousser plus loin encore l'émancipation féminine, nomma-t-elle quelques femmes à quelques ministères-clef. Mais la libération individuelle d'une poignée de femmes, gagnées au régime, s'accommodait par trop mal de l'asservissement national, d'une grille de rouille plaquée sur un pays entier. Le Parti lui-même liquida l'essentiel de l'élite urbaine afghane : rétive, trop occidentalisée. Hommes et femmes, par dizaines de milliers, détenus derrière les barreaux et les très hautes murailles de béton gris du camp de concentration de Pol-é Tcharkhî, dans le désert rocailleux non loin de Kaboul, moururent chaque nuit fusillés, enterrés parfois vivants au bulldozer.

Les frontières étaient poreuses : Spôjmaï, comme tant de ses sœurs, comme tant d'autres, gagna l'étranger – privant l'Afghanistan de ses meilleurs cerveaux. Un tiers de la population du pays partit s'entasser dans les camps de réfugiés aux frontières. Comment, pour un écrivain comme Spôjmaï, exprimer d'autres symboles que ceux de la douleur ? Le pays profond, blessé et bafoué, mais encore embusqué dans ses montagnes protectrices, se raidit dans sa résistance, dans sa foi, dans ses traditions sociales – dont parfois les pires, les plus rêches.

Spôjmaï rentrera-t-elle jamais dans sa ville natale ? Au moment où paraît ce livre, les *Tâlebân* y perpètrent, comme on sait, la politique anti-féminine la plus répressive de la planète, peut-être de l'histoire. Claustration absolue; rétablissement du voile à grillage opaque; prohibition de sortie sans être accompagnée comme une éternelle mineure par son père, son mari, son frère ou son fils adulte; interdiction d'école, de soins médicaux, d'exercice d'une profession, de musique, de jeux: sous la menace du fouet ou, en cas de récidive, de la mort – toutes ces mesures empruntent sans aucun doute à une certaine tradition, se nourrissent du rappel d'anciens usages, flattent d'aucuns instincts: encore que jamais, en histoire afghane, les femmes, certes dûment chaperonnées, ne se soient vu priver de visite par un médecin ou guérisseur mâle (– toute la littérature classique l'atteste).

La *Realpolitik*, dans l'Afghanistan écrasé d'aujourd'hui, ne perd pas plus ses droits qu'il y a une féroce décennie. L'expulsion des femmes éduquées de toutes les professions, par la terreur et sous prétexte religieux, ne fait que parachever l'ancienne entreprise coloniale soviétique: décerveler le pays, pour mieux le dominer.

Face à ce désastre, quelle littérature? L'écriture de Spôjmaï veille au souffle. Souffle de vie, face aux cerveaux morts. Une Afghane pour l'exprimer.

L'espace afghan relève d'une civilisation millénaire – celle de l'islam d'Orient – hautement lettrée mais de tradition patriarcale, répressive, ouvertement misogyne. Il n'en revendique pas moins une importante littérature féminine, dans les deux langues du pays: persan et pashtô. Spôjmaï en hérite.

Cette expression fut surtout lyrique, chants brefs et poignants, transmis de mères en filles: entraperçus jetés sur le monde, parce que regards furtifs comme faufilés à travers la grille du sérail et le grillage du voile. Les vers en deviennent des éclairs.

Claquemurée dans l'*andaroûn*, l'« intérieur » de sa maison dite encore l' « enclos » ou *sarâî* (mot persan dont nous avons fait « sérail », à travers le turc), la femme de l'aristocratie pouvait cependant bénéficier d'une éducation recherchée, apprendre la calligraphie, les poètes, s'initier même à l'arabe classique et à ces anciennes traductions arabes des philosophes grecs néo-platoniciens (textes spéculatifs que les *Tâlebân* viennent de bannir, en rendant par là parfaitement incompréhensibles les références mystiques de la littérature médiévale afghane).

La plus ancienne femme de lettres connue, en Afghanistan, apparut au Xe siècle : la Dame Râbé'a, princesse de Balkh (l'antique Bactriane) dans le nord du pays, de vieille noblesse arabe, car descendante des conquérants musulmans de la région au début du VIIIe siècle. La Princesse Râbé'a fut l'une des véritables fondatrices de la littérature en idiome néo-persan, dit *pârsî* (ou *fârsî*) : comme on appelle communément la langue perse islamisée.

Le rôle pionnier de la Dame Râbé'a rappelle étrangement celui de sa contemporaine exacte, la Dame Murasaki, au Japon. Les femmes de cour, au Japon, se risquèrent les premières à écrire en japonais, quand leurs maris ne calligraphiaient qu'en chinois. De même, dans son nord afghan, la Dame Râbé'a entremêlait-elle déjà ses vers savants, en arabe classique, de nouveaux accents persans. L'effet ressemble aux entrelacs de latin et de langue d'oïl, chez nos anciens trouvères.

Mais ces vers sont tragiques : un univers goulûment saisi, par lueurs filtrées. Du secret du sérail, effrontée, la Dame Râbé'a aima l'intendant du palais, homme en-dessous de son rang ; prit l'initiative de leurs unions secrètes, foudroyantes, entrecoupées de solitude dans le monde des femmes, à écouter le libre chant des oiseaux sur les branches : mâles volages, eux.

Rendons, comme en notre poésie médiévale, son persan par du français, son entrelacs d'arabe par notre latin :

« Me incendit avis fletus,
Mihi dolor magis eget
Et commovent
Memoriae.

Hier sur rameau d'arbrelet
Pépiait l'oiselet,
Pleurait son lai.

Avi dixi, cur flevisti,
Deplorasti
Noctis in tenebris
Et coruscant stellae ?

Moi, d'ami arrachée,
Par là pleurai ;
Toi, pourquoi gémir
A jouir
De ton amie ?

N'ai pipé mot
A sangloter mon sang ;

Que pépies-tu
Sans verser, toi,
Ta larme ? »

Son frère la surprit et la condamna à mourir, emmurée vivante dans un cachot, ligotée au mur, les veines tranchées ; elle trempa son doigt dans une plaie pour calligraphier son dernier poème sur la paroi :

« Son amour de nouveau m'encorde ;
Ne savais qu'à tirer,
M'en serrai la corde !

En jument, me cabrai ;
Ne savais qu'à tirer,
M'en serrait plus fort encor
Mon licou ! »

En Occident, il nous aura fallu le dramaturge élisabéthain tardif, Webster, fort porté sur le pathétique, pour nous mettre en vers ensanglantés pareilles histoires. Mais en terre afghane, ce destin féminin de la Princesse Râbé'a fut considéré si exemplaire qu'il en devint symbolique dans la mémoire du pays. Son nom fut donné, au XXe siècle, à l'un des lycées pour filles de la capitale, fermé en 1996 par les *Tâlebân*. Les siècles médiévaux voulurent lire, dans ses poèmes, une allégorie mystique. Mais leur sens premier, sensuel, s'impose d'évidence. Plus manifeste encore s'en affiche le paradigme social. Même au sommet de la noblesse, une femme afghane traditionnelle – la génération libérée de Spôjmaï s'en souvenait encore – demeurait à jamais soumise à la menace du châtiment mortel, détenue par les mâles qui lui étaient les plus proches –

père, frère, mari, voire fils. Qu'elle se risque à un écart, ils la tuent. L'honneur mâle, ou *nâmoûs*, se love et ne se lave que dans son sang.

D'aucuns apologètes dits « humanitaires », réunis en congrès occidentaux pour caqueter du sort des femmes dans le Kaboul d'aujourd'hui devraient pourtant se rappeler ce droit de mort, rétabli par les *Tâlebân*.

Aussi la femme prend-elle un amant par défi. L'initiative des intrigues lui revient, puisqu'elle entrevoit les jeunes mâles, sans en être entrevue. Elle y risque la mort, l'attise, voire la courtise. Sa révolte contre son mari imposé, dit « le petit affreux » dans les chants populaires des femmes tribales pashtoûnes, prend la forme d'un adultère le plus souvent synonyme de mort. Ou alors, par la corde, elle se tue : *(Le suicide et le chant : poésie populaire des femmes pashtoûnes)*, tel était le titre du beau recueil de poèmes d'amour et de mort, appelés *landay*, réunis – et accompagnés d'une pénétrante étude –, par l'audacieux poète et philosophe Sayyed Bahâ-oddîn Madjroûh, directeur du Centre Afghan d'Information de la Résistance – et, grâce aux soins d'André Velter[1], publiés en français aussitôt après son assassinat par les intégristes, le 11 février 1988.

Difficile d'assigner une date précise à ces éclairs anonymes, surgis de la nuit de l'*andaroûn*. Les incessantes allusions à la mort par le sabre et le pistolet laissent penser à des cristallisations poétiques villageoises des deux derniers siècles écoulés. En terre afghane,

1. Les Cahiers des Brisants, Paris, 1988, repris aux Éditions Gallimard, Connaissance de l'Orient, 1994.

la langue poétique persane s'épuisait dans une imagerie convenue, aux XVIIe et XVIIIe siècles, quand une vigoureuse poésie en langue pashtô, épique et fraîche, prit le relais, lors de la naissance guerrière du royaume d'Afghanistan. Khoshhâl et Ahmad, et le mystique Rahmân encore au tournant du XVIIIe siècle, sont les trois poètes classiques du pashtô, en tant que mâles. Puis la poésie en cette langue se tarit : sauf chez les femmes.

L'essor créateur persan renaît au XXe siècle sous la forme de la *nouvelle*, tant en Iran, avec le génial Sâdeq Hedâyat (1903-1951), qu'en Afghanistan avec Spôjmaï Zariâb : pour y devenir, grâce à elle, l'expression féminine privilégiée d'aujourd'hui.

Le conte, à l'origine destiné à l'initiation morale des enfants royaux, jouit d'un prestigieux passé en littérature persane depuis au moins le VIe siècle de notre ère, quand il emprunta l'essentiel de sa forme – cadre narratif pour courts récits emboîtés, à leur tour interrompus puis repris pour tenir l'auditeur en haleine – à l'Inde voisine. L'islamisation de l'espace persan, aux VIIe et VIIIe siècles, transmit cet héritage sanskrit – du conte-cadre et des fables emboîtées – à l'arabe : les *Mille et Une Nuits* en sont un reflet. Le genre atteignit l'Europe médiévale, par l'Espagne. Mais c'est en littérature persane islamisée que le conte devint le véhicule spirituel par excellence, chargé de symbolisme mystique. Les contes persans médiévaux, sous la forme que nous leur connaissons, ont tous été rédigés par des hommes. Curieusement, toutefois, le plus grand maître du genre (imité par tous les narrateurs suivants de la Turquie à l'Inde), le poète azéri Nezâmî (1141-

1209), a mis invariablement ses récits dans des bouches de femmes, comme autant de Shéhérazades : les Sept Princesses de Nezâmî, par les symboles de leurs Sept Récits, initient leur royal époux à la sagesse universelle.

Les novellistes persans contemporains se sont aussi nourris de modèles européens, en premier lieu de Maupassant et de Tchékhov : réalisme croqué du décor, intrigue ramassée, surprise du dénouement qui déchire une enveloppe psychologique. Mais l'influence primordiale aura été, sans conteste, celle de Kafka : son symbolisme trouble, mi-clos, angoissé, convenait parfaitement à l'héritage et à la sensibilité du conte persan. Il en a ensemencé de nos jours la renaissance littéraire.

Spôjmaï ne s'en cache pas. Par le récit moderne, kafkaïen, mais avec de soudaines ritournelles de motifs plus propres à l'ode, elle nous ressuscite l'art, le chant, le symbolisme, et surtout la douleur des deux plus hautes expressions féminines de la littérature afghane : la Dame Râbé'a et les *landay*.

Sa perception est déchirure : parce qu'elle nous donne à entrevoir la réalité de son peuple, de son pays, à travers les trous du voile, les barreaux du grillage et la promenade risquée.

Je ne connais pas de description plus précise et crue de son Kaboul hivernal que celle que l'on pourra lire ici, barré d'un ruisseau sale et claquemuré dans son cirque de montagnes brunes et oppressantes, avec ses fonctionnaires tristes à remplir des cahiers de chiffres dans des bureaux délabrés, mal chauffés, sous la crainte silencieuse de successifs régimes brutaux.

Les oppressions se déposent en sédiments : les soldats ont des longs fusils étincelants, des bottes d'un noir éclatant.

La couleur et les rires de l'Afghanistan d'autrefois ? Spôjmaï en recueille les débris : pages de livres consumés. Elle nous en raconte les chevaux. Véhicules de l'âme et symboles de liberté, en imagerie universelle : sans doute. Comme l'âne sur lequel le petit père va galoper au pays des mûres. C'était goûter à l'aurore du monde que d'écouter résonner sèchement les sabots de sa monture sur une falaise déserte, dans un silence minéral, sous un vol d'aigles – et non d'hélicoptères.

Spôjmaï Zariâb nous dit, par l'image, deux ou trois des plus indicibles souffrances de notre temps – et les surmonte.

Michael Barry

Né aux États-Unis mais élevé en France et, en partie, à Kaboul, coordinateur de missions humanitaires en Afghanistan, Michael Barry enseigne aujourd'hui la littérature persanne médiévale à l'Institut d'études iraniennes de la Sorbonne. Son dernier ouvrage, Faïences d'Azur *(Imprimerie Nationale 1995), consacré au symbolisme de l'architecture musulmane médiévale, a reçu la Médaille Eugène Carrière d'Histoire de l'Art de l'Académie Française en 1997. Il est l'auteur d'une traduction poétique intégrale du* Pavillon des Sept Princesses *de Nezâmî (automne 2000, Gallimard).*

Nos remerciements à Nagib Manalaï
pour la mise en page du texte persan..

La photocomposition a été effectuée
par Le vent se lève... à Chalais (16)

Achevé d'imprimer le 8 septembre 2000 aux
Impressions d'Art Jean Michel Barrau à Nice

Conception de couverture : François Lenoir

Dépôt légal : septembre 2000

دیوارها گوش داشتند

Titre original : دیوارها گوش داشتند

ISBN : 2-910490-24-6

سپوژمی زریاب

دیوارها گوش داشتند

داستان های کوتاه

L'Inventaire

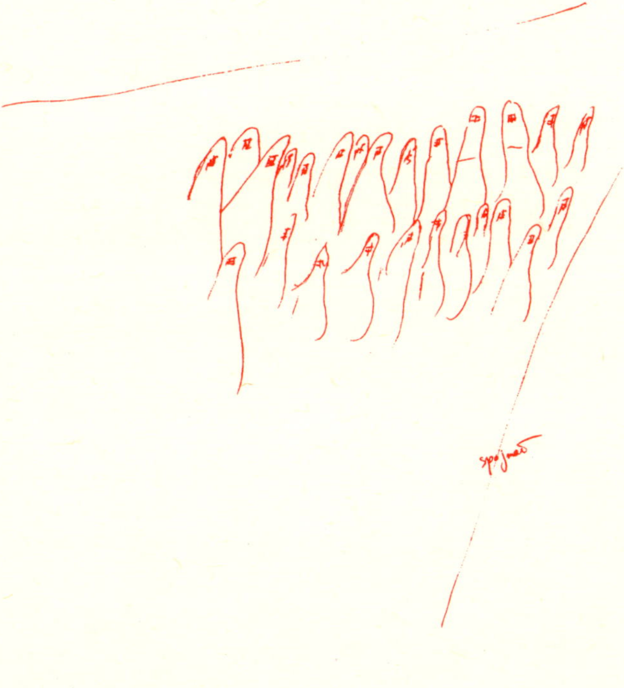

تذکره

جهان به پنج متر مربع تقلیل یافته بود. روشنایی و نور جهان در یک درز دروازه متراکم شده بود. شب و روز با روشنایی چراغ تیلی همرنگ شده بود. دو رخت خواب پیچیده شده، یک صندلی، یک اشتوب، یک بوتل تیل خاک و اشیای خورد و ریزه دیگر اینجا و آنجا هستی آن جهان را میسا ختند. تعفن غیر قابل تحمل بشری که نتواند از چهار دیوار کوچک وبسته یی خارج شود و همه نیازها یش را در همان چهار دیوار کوچک و بسته رفع نماید، آن جهان را اشغال کرده بود.

آواز خفه پاهایی که در برف گور میرفتند بلند شد. کلیدی در قفل در چرخید. در باز شد. بوی برف و سردی که انگار پشت در از ساعت ها کمین کرده بود، به درون دوید. آواز پر از زیر و بم و تازه بالغی از پته صندلی بلند شد:

- آمدی نه نه؟

- هان پدر جان آمدم.

فضای جهان تغیر کرد. شاد شد، انگار در کلمه «پدر جان» همه نوازشهای جهان متراکم شده بود و ذرات این نوازشها در یک آن در همه گوشه و کنار فضای آن جهان تاریک و متعفن خزیدند و به رقص آمدند.

زن موزه های رابری آبی رنگ و پر برفش را کشید و کنار دیوار گذاشت. چادر نماز خال خالی خاکستری رنگش را تکاند و بر میخی آویزان کرد. موها و چادرش هم رنگ بودند. یکباره شتابان سوی دیگ و اشتوب دید. انگار خودش خطا یی مرتکب شده باشد، پرسید: چیزی نخوردی پدر جان.

آواز پر از زیر و بم و تازه با لغی از پته صندلی بلند شد: چیزی دلم نشد.

شکوه آمیز گفت: یک چیزی میخوردی پدر جان

و سوی لگن بزرگی که پای دیوار گذاشته شده بود، دوید، بی آنکه به لگن ببیند، آنرا برداشت. دویده از اتاق بیرون شد.

یک سال و سه ماه و هشت روز میشد که بینی نه نه به این تعفن عادت کرده بود و این کار هر روزش بود.

وقتی به اتاق باز گشت باز شکوه آمیز گفت: یک چیزی میخوردی پدر جان.

نه نه وقتی پسرش را ناز میداد او را پدر جان مینامید . نه نه همیشه پسرش را ناز میداد - نه نه همیشه پسرش را پدر جان مینامید .

باز کلمات پدر جان به ذرات لایتناهی محبت آمیزی مبدل شدند و در کنج و کنار آن جهان شناور شدند و بوی خاک وسبزه ده را به بینی پدر جان آوردند و او را از آن جهانی که به پنج متر مربع تقلیل یافته بود ، بیرون راندند و به تاخت و تاز روی خر خاکستری رنگش که هر وقت پشتش مینشست گرمای شکم نرمش را در بند های پاهایش احساس میکرد ، وادار ساختند . پدر جان بی اختیار بند های پاهایش را لمس کرد خشک ولاغر بودند . بعد خر خاکستری رنگش را دید که دریک آن به پارچه های متعدد و خون آلودی مبدل شده است و دید که هر پارچه آن میجنبد و آن پارچه های جدا از هم گوشت برای زنده ماندن تلاش میکنند . دلش بد شد و همان حالتی بهش دست داد که هر باری که به یاد آن روز میافتاد ، برایش دست میداد . همان روزی که با انفجاری زمین ده شان می خواست به آسمان بپیوندد .

باز از پته صندلی آواز پر از زیر و بم و تازه بالغی بلند شد : در بیرون چی گپ بود نه نه ؟

- هیچ . تلاشی تذکره و اسناد . اسناد . . .

تذکره و اسناد همیشه انعکاس رعب آوری در ذهن پدر جان داشت .

- نه نه اگر تذکره ام در ده نمی ماند . . .

این صحبت همیشه گی مادر و پسر بود و هم حسرت همیشه گی شان .

- اگر تذکره در ده نمی ماند . . . اگر تذکره در ده نمیماند . . .

باز نه نه مثل هر بار دیگر با احساس تقصیر عظیمی جواب داد :

- همین که ترا زنده کشیدم بسیار است . بسیار .

و انگار با خودش گپ بزند ، ادامه داد : کاش که میماندم ترا هم با خود کوه ببرد . . . وقتی پدرت رفت ، گفت ، من نماندم . مرا خدا زد . آفتاب را که میدیدی روشنی را که میدیدی . یک سال و سه ماه و هشت روز میشود که روی روشنی را ندیدی استخوانهایت پوده . . . .

جمله اش را مثل همیشه نا تمام گذاشت چادرش را روی چشمانش گرفت چند لحظه بعد باز ادامه داد : حالا تا چه وقت اینجا مینشینی ؟ پوده شدی !

همان آواز از پته صندلی بلند شد : برو برایم یک مشنا بگیر !

- چی بگیرم ؟
- یک تذکره دیگر
وآن آواز پر زیر و بم تر شد ، انگار خروسی برای بار اول تلاش میکرد که آذان دهد : یک تذکره دیگر یک تذکره دیگر . . .
- تا آن جا چطور بروم ؟ ترا تا آن جا چطور ببرم ؟ در راه میبرندت ، کی باور میکند که تو پانزده ساله استی ، کاش که قدت خورد میماند و . . .
جمله اش را تکمیل نکرد . نه نه کمتر میتوانست جمله ها یش را تکمیل کند . بسیار گپها یش نا گفته مانده بودند . همه گپهای نه نه نا گفته مانده بودند . هر وقت میخواست چیزی در این باره بگوید انگار همه کلمات در درونش جست و خیز میکردند و سوی دهانش هجوم میبردند انگار همه کلمات کتله یی را میساختند و راه گلوی نه نه را می بستند . انگار همه کلمات بغضی میشدند بعد اشک میشدند و از چشمان نه نه سر ا زیر میشدند و در چادرش نا بود میشدند .
پدر جان چشمانش را بست و لحاف صندلی را تا زیر گردنش کشید . هر وقت درهای چشمانش را میبست ، درهای دیگری به رویش باز میشدند . از جهانی که به پنج متر مربع تقلیل یافته بود ، بیرون میجست و در جهانی پا میگذاشت که در آن بوی توت پخته و آواز مستی دریا به هم می آمیزد و آدمی را در یکی از آن لحظات کوتاه ونادری قرار میدهد که به خاطر به جهان آمدنش سپاسگزار میشود . پدر جان همان طور که چشمانش بسته بود ، طعم توت پخته را زیر دندان هایش احساس میکرد ،پشت خر خا کستری رنگش مینشست و تاخت وتاز میکرد . روی تخته سیاه و کهنه مکتبش چیزی مینوشت . روی چو کیهای شکسته و ریخته صنفش مینشست و در سایه سرد درختان توت از دنبال پدرش میدوید و در کفهای پا های عریانش توتهای رسیده و ریخته میچسپیدند . باز به صنف شان میرفت ، معلم شان عزت الله خان را میدید که روی تخته سیاه و کهنه صنف مینویسد : وطن ما افغانستان است . ما افغانستان را دوست داریم ، افغانستان کوه های بلند دارد و عزت الله خان از ارسی بیرون را میدید، کوه ها را میدید و خودش را ازوجود آنها مطمین میساخت - عادتش بود . انگار این اطمینان رضایتت ، آرامشی به او می بخشید . هم صنفانش هم کوه ها را میدیدند ،از همه ارسی های صنف شان کوه ها معلوم میشدند .
نه نه همچنان که چشمانش باز بود . و اشتوب را پمپ میکرد در جهان دیگر بود .

همیشه همین طور بود . نه نه با چشمان باز خواب میدید . چهار پسر و یک دخترش را میدید که پیش از آنکه راه رو شوند ، کبود شدند و مردند و آن وقت تنها پدر جان که از مرگ رسته بود ، به نظرش عزیز تر میشد و گاهی از زیر چشم سویش میدید که چشمانش را بسته است و گردنش روی بالش کج شده . انگار خواب میبود . وقتی به حلقه های کبود دور چشمان پدر جان میدید ، متوجه شد که رنگ پدر جان روز به روز سفید تر میشود ، یک نوع سفیدی کاغذ گونه ، آن وقت با چشمان باز خواب های وحشتناکی میدید . یک بار تراکم خوابهای وحشتناک او را وادار به گرفتن تصمیم دیوانه واری کرد که تا آن روز جرأت گرفتنش را نداشت . انگار این خوابها چیزی را در درونش منفجر ساختند و او را در همان موقعیت شاذی قرار دادند که آدمی برای رسیدن به هدفی نیروی بسیار فوق خودش به یک باره گی در خود کشف میکند و از توانایی خود متحیر میشود . نه نه تقریبا فریاد زد : میروم تذکره ات را می آورم!

پدر جان با بیحالی چشمانش را باز کرد و دو باره در جهانی که به پنج متر مربع تقلیل یافته بود و بوی پیاز سرخ کرده و تیل خاک آنرا بیشتر غیر قابل تحمل ساخته بود، سقوط کرد ، بی اختیار گفت : راستی ؟

نه نه ندانست که در «راستی» پدر جان چی بود که یک جای از درونش را سوخت و همه نا ممکنها را به نظرش یک باره ممکن ساخت و استوار ادامه داد : از کابل تا آن جا چقدر راه است ؟ هیچ نیست ، میروم . اگر موتر نرود پیاده میروم . جایش یادم است پهلوی ارسی زیر قرآن شریف مانده امش ، اگر همه جهان زیر و روی شود تذکره ترا چیزی نمی شود . امروز سه شنبه است ، جمعه میروم ، پنجشنبه پس می آیم ، غم نخور .

کلمات اعجاز شانرا کردند و همان برقی در چشمان پدر جان درخشید که نه نه بی آن که خود بداند از یک سال و سه ماه وهشت روز در جستجویش بود و برای احیای آن در چشمان نا امید پدر جان ، جان فشانی میکرد .

مادر و پسر کوچکی ، تاریکی و تعفن جهان شان را از یاد بردند .

روز جمعه صبح وقت نه نه با خریطه های بزرگ و کوچک آمد . کچالو ، روغن ، پیاز ، تیل خاک ، نان خشک همه را پای دیوار تکیه داد و آخرین دستور هایش را به پدر جان داد که مبادا خود را گرسنه نگاهدارد ، مبادا بعد از یک سال وسه ماه و یازده روز به سرش بزند که بیرون رود ، مبادا سربازان تلاشی تذکره اش را طلب کنند ،

مبادا . . . مبادا . . . مبادا . . .

پدرجان انگار از فاصله های بسیار بسیار دور ، از آنسوی جهان ، آواز نه نه را جسته و گریخته میشنید ، بی آن که واقعا به دستورهای نه نه گوش دهد با چشمان باز خواب میدید . میدید که از کنار ارسی خانه شان میگذرد ، روی پنجه های پاهایش میا یستد ، دستش را سوی رف بلند میکند و از زیر قرآن تذکره اش را میگیرد .

پوش تذکره اش نارنجیست . تذکره پدرش هم همان جاست . تذکره پدرش را باز میکند و پدرش را می بیند که دستار بسیار بزرگتر از سرش به سر کرده ، انگار از فاصله های بسیار دور سوی او میدید ، انگار نوری چشمانش را میزد . پیشانیش پرچین است . لبان باریکش روی هم فشرده شده اند که مبادا لبخند بزند . کنار عکس میخواند :

- چشمان : میشی .
- پوست :گندمی .
- قد : بلند .

یادش آمد که از وقتی مکتب رفته بود وخواندن و نوشتن را آموخته بود ، همیشه تذکره پدرش را با کنجکاوی لذت بخشی میخواند و وقتی پدرش که خود خواندن نمی دانست کنارش میبود باحیرتی آمیخته با شادی و رضایت پدرجان را میدید ، انگار پسر طلسم پیچیده و دشواری را میخواند .

یک بار بوی پدرش به بینیش زد . پدرش بوی خاک میداد . همیشه بوی خاک میداد . انگار از خاک ساخته شده بود . یا از زیر زمین برآمده بود . بعد ها یک روز وقتی پدرش برایش گفت که خدا آدم را از خاک ساخته پدرجان به پندار خودش پی برده بود که چرا پدرش بوی خاک میدهد .

نه نه روی پدرجان را بوسید . عضلات روی پدرجان زیر لبان نه نه مرتعش شدند . نه نه احساس کرد که چیزی در قفس سینه اش آتش گرفت . خواست باز هم توصیه هایش را به پدرجان بکند و باز هم بگوید که مبادا پریشان شود ، مبادا از خانه برآید و مبادا سربازان تذکره اش را طلب کنند مبادا اورا بارموتری کنند و به جای نا معلومی ببرند ، مبادا خبرش از جبهه جنگی بیاید مبادا ، مبادا و مبادا . . . اما باز هم انگار همه کلمات در درونش جست و خیز کردند و سوی دهانش هجوم بردند . انگار همه کلمات کتله یی را ساختند و راه گلوی نه نه را بستند . انگار همه کلمات بغضی شدند ، بعد اشک شدند و از چشمان نه نه سرازیر شدند و در چادرش نابود شدند

وقتی در بسته شد و آواز قدم های نه نه که در برف شر شر میکردند ، به گوش پدر جان آمد ، پدر جان اطرافش را دید ، انگار بار اول بود که متوجه شد که یک سال و سه ماه و یازده روز میشود که جهان برای او به پنج متر مربع تقلیل یافته است . یک سال و سه ماه ویازده روز میشود که بیرون را ندیده است ، آدمی غیر از نه نه اش را ، ندیده است و آوازی غیر از آواز نه نه اش نشنیده است . احساس سرما کرد و به جایش در پته صندلی نشست و لحاف را تا روی شانه های لاغرش کشید .

پدر جان مانند حشره محبوسی از آنچه نه نه برایش کنار دیوار گذاشته بود ، تغذیه میکردو آنچه را باید در لگنی کنج دیوار دفع میکرد .
فضای اتاق متعفن شده بود و این تعفن پدر جان را نمیگذاشت حتی در خواب با چشمان بسته به سیر و سفر در دره های که بوی توت پخته میدادند ، بپردازد.

پنجشنبه گذشته بود ، سه شنبه شده بود و نه نه باز نگشته بود . پدر جان آرام و قرار نداشت اگر می نشست دلش میخواست بیا یستد ، اگر میا یستا د ، دلش میخواست بخوابد ، اگر میخوابید دلش می خواست قدم بزند و با بی صبری انتظار شب را میکشید و در تا ریکی شب آرام و بیصدا لگن مدفوعش را در کوچه خالی میکرد و در آغاز با عجله در جهان خودش که به پنج متر مربع تقلیل یافته بود ، میخزید . بعد تر تنها دلخوشیش این شده بود که شب در تاریکی آهسته لگنش را بگیرد و با پا های لرزانش کوچه برود و آنرا خالی کند . کوچه افسونش میکرد . حر کاتش در کوچه با تا نی میشد ند تا بهانه یی برای بیشتر ماندن داشته باشد . کوچه هم تاریک، تنگ و متعفن بود . پدر جان با کنجکاوی لذت آوری دیوارهای نمناک کوچه را تماشا میکرد ، ارسیهای بسته را تماشا میکرد و به مجردی که آواز پای رهگذری به گوشش می آمد با قلب و پا های لرزان میدوید و به جهانش پناه میبرد .

ده روز از وعده نه نه گذشت و نه نه نیامد . خوراک پدر جان رو به اتمام بو د و یک روز صبح پد جان همانند جانور گرسنه یی ناتوان و وحشت زده آرام آرام با قدم های نا مطمین از جهانی که به پنج متر مربع تقلیل یافته بو د بر آمد . توصیه های نه نه را از یاد برد و به بیرون قدم گذاشت و تصمیم گرفت که از اولین رهگذر نشانی ایستگاه شمالی

را بپرسد و به آنجا برود . بعدش را نمیدانست . آفتاب چشمانش را که به تاریکی خو کرده بودند ، میزد و سرش را به دوران میانداخت . به نظرش می آمد که هر چند لحظه بعد زمین از زیر پایش میرود . توازنش را از دست میداد . سفیدی برف چشمانش را می آزرد . به نظرش می آمد که برفهای کنار راه از لکه های سیاه و سرخ متحرک پر است . دلش بد میشد . اولین رهگذر را که در راه دید بی آن که از او پرسشی کند ، ترسید و به صورت غریزی رویش را با دو دستش پوشاند . رهگذر متوجه نشد . پدر جان حالت حیوان تنهایی را داشت که از کوهستان پایین شود و نا گهان خود را در میان آدمها ببیند و از وحشت تر دید و بلا تکلیفی بلرزد .

همچنان که آهسته آهسته می رفت به توصیه های نه نه میاندیشید که مبادا سربازان او را ببینند و تذکره اش را طلب کنند مبادا او را ببرند . مبادا . مبادا ومبادا . . .

یک بار چشمان خیره اش به سه سرباز افتاد که تفنگهای براق و بزرگی به شانه و موزه های براق و سیاهی به پا داشتند انگار پدر جان افسون شد . بر جایش خشک شد. انگار جریان خونش از حرکت باز ماند . انگار مایع سرد و سوزانی از سوراخهای بینی و گوشهایش فوران کرد همه نیرویش را جمع کرد تا رویش را بگرداند و بدود . رویش را گشتاند اما دویده نتوانست . انگار پاهایش در دام نامرئی گیرمانده بودند بی آنکه بدود نا شیانه دست و پا زد . سر بازان متوجهش شدند .

سر پدر جان را تراشیدند به سر تراشیده پدر جان کلاه بزرگی گذاشتند لباس کلفت سربازی به تنش نمودند و تفنگ بزرگ و براقی به شانه اش آویختند . موزه های براق وسیاه به پاهایش کردند. پدر جان در هیئت سرباز چیزهای را دید که از دیدن شان وحشت داشت . خون را دید ، آتش را دید ، آدمهای بی سر را دید ، آدمهای بی تنه را دید ، نوزادی را در گهواره یی دید که نیمه اش را سگها ی گرسنه خورده بودند . در اول پدر جان چشمانش را با دستانش می بست و به دیواری تکیه میداد تا آنچی را نباید، نبیند . بعد ها به نظرش می آمد که با چشمان بسته هم آنچی را نباید ، میبیند . تا خواب خودش بر پدر جان غلبه نمیکرد ، پدر جان از ترس نمیخوابید . شبها مینشست و چشمانش را باز میگرفت بعد تر ها در خواب و بیداری به نظرش می آمد که آدمها ی بی سر و آدمهای بی تنه ، نوزادان نیمخورده از دنبالش میدوند . سر خود شروع به فریاد زدن و دویدن میکرد . .

در آغاز سربازان دیگر میخندیدند و مسخره اش میکردند ، بعد ها با درمانده گی

و هراس سویش میدیدند بعد به نقطه یی خیره می شدند و به اندیشه های که جرأ ت گفتن شان را نداشتند ، فرو می رفتند .

حالا روزها پدر جان در هیئت سرباز ، در کوچه های کابل سر گردان میگردد . هر چند قدم بعد مشتی خاک از زمین بر میدارد و بو میکند . گاهی هم ساعت ها در ایستگاه شمالی می ایستد و کسی را می پالد انگار منتظر کسیست . کودکانی که میشناسندش از دنبالش میدوند و میخوانند :

آللو للو با بو جی
از شمالی چی آوردی
یک تذکره گک نارنجی
به پدر جان ناز نازی

پدر جان نامش را فراموش کرده است . نام پدرش را هم فراموش کرده است .
اگر کسی از او بپرسد : نامت چیست ؟
میگوید : پدر جان .
اگر کسی بپرسد : نام پدرت چیست ؟
میگوید : قد بلند چشمان میشی .
اگر کسی بپرسد : اینجا چی میکنی ؟
میگوید : منتظر نه نه ام استم .
اگر کسی بپرسد : نه نه ات کجاست ؟
سوی شمالی اشاره میکند .
اگر کسی بپرسد : چی میکند ؟
میگوید : تذکره ام را می آورد .
اگر کسی بپرسد : تذکره ات کجاست ؟

انگار از فاصله های بسیار دور از صدها کیلو متر دور تر آنرا می بیند . با اطمینان میگوید : آن جا در خانه ما . سر رف زیر قرآن شریف .

نه نه باز نگشت و هیچکس هم ندانست که آن نیروی که با چهل سال زن بودن در نه نه متراکم مانده بود ، چگونه به یک باره گی سر بلند کرد و فوران کرد . همان نیروی که گاهی آدمی را در یک لحظه از زنده گیش از جلد بشر عادی و

ناچیز برای همیشه بیرون میراند و از او موجودی بر تری میسازد . هیچکس ندانست که چگونه این نیرو در یک شام زمستان کنار اشتوب و دیگ پیاز سرخ کرده در جهانی که به پنج متر مربع تقلیل یافته بود از نه نه موجودی متهور تر از متهور ترین مردان ساخت . و هیچکس ندانست که نه نه چگونه به تنها یی دره های یخبندان را عبور کرد . کوهپایه های خالی از آدم را که کنام حیوانات شده بود ند و دیگر در آنها نه آب آبادانی بود و نه بانگ مسلمانی ، در نور دید و خودش را به خانه ویرانش رساند و از آن جا که میدانست تذکره پدر جان را گرفت .

پدر جان هم ندانست که همان پنجشنبه که نه نه از شمالی به کابل می آمد موترش را ماینی منفجر ساخت و نه نه را به پارچه های بیشماری تبدیل کرد .

پدر جان ندانست که سربازانی که آن سرک را روفتند ، بسته کوچکی یافتند که آنرا با احتیاط و سوء ظن باز کردند و در آن یک پارچه تلخان سنگ شده و یک تذکره یافتند . تذکره را باز کردند وخواندند : شرف الدین ولد شیر محمد ده ساله سال ۱۳۵۷ .

اینها را پدر جان ندانست . پدر جان همچنان منتظر نه نه اش است و نامش را از یاد برده است .

اگر شما پدر جان را دیدید برایش بگوید که نامش شرف الدین ولد شیر محمد است . شرف الدین ولد شیر محمد . شرف الدین ولد شیر محمد . . . .

۹ سنبله ۱۳۶۵

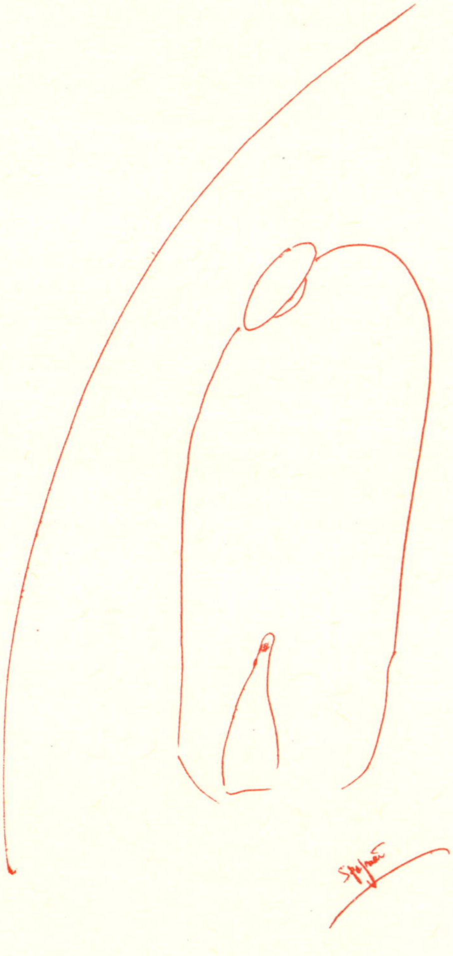

شکار فرشته

به نگین دختر چهار ساله ام . . .

دخترم در اشپزخانه کنار ارسی ایستاده بود . من پیاز ریزه میکردم و او با چشمان گرد گردش ، باریدن برف را تماشا میکرد. از نگاهش پی بردم که دیدن پاغنده های برف که با اهسته گی و شکوه سوی زمین میامدند خوشش آمده است. باریدن برف افسونش کرده بود . از دامنم گرفت و گفت: برفه کی از آسمان میاره؟

بی اختیار جواب دادم: ملایک

چیزی نفهمید . ادامه دادم : هر دانی برفه یک ملک از آسمان ده زمین تا میکنه.

پرسید : ملک چیس؟

گفتم : فرشته.

چند روز شده بود که دخترم چهار سالش را پوره کرده بود . از فرشته تصور نسبتا روشنی در ذهن داشت . در کتاب های مصوری که از اینجا و آنجا بسختی برایش پیدا کرده بودم، تصویر فرشته را دیده بود - موجود زیبا و رویا انگیز با بال های سپید - ناباورانه و متعجب پرسید: هر کدامشه یک فرشته ده زمین تا میکنه ؟

گفتم: ها

کنار ارسی باریدن برف را خوب دیده نمیتوانست . یک بار دوید و رفت پشتی ها را آورد ، روی هم گذاشت و ایستاد قدش بلند تر شد رویش را به شیشه ارسی چسپاند و ذوق زده باریدن برف را تماشا کرد . ساکت بود . چشمانم را که هنوز از بوی پیاز می سوختند ، به سختی باز کردم و سوی دخترم دیدم . به نظرم آمد که او با هر دانه برف موجود زیبا و رویا انگیز را با بال سپیدش می بیند که سوی زمین میاید . به نظرش میاید که فضا پر از موجودات زیبا و رویا انگیز با بال های سپید است که پاغنده های برف را در آغوش گرفته اند . دخترم رویش را گشتاند و پرسید : مانده نمیشه؟

گفتم: نی

بعد گفت : کاش که مام بالای سفید میداشتم ، میرفتم برف میاوردم چه سات تیریی !

و بعد قهقهه خندید . از قهقهه خندیدنش لذت بردم .

هما نطور که پیاز ریزه میکردم بیست و پنج سال عقب رفتم . یادم آمد که یک روز همین پرسش را از مادر کلا نم کرده بودم و او هم گفته بود : هر دانی برفه یک ملک از آسمان ده زمین تا میکنه .

و من هم حیران شده بودم و پرسیده بودم : مانده نمیشه ؟

و مادر کلانم گفته بودم : نی

باز پرسیده بودم : ملک چیس ؟

مادر کلانم اول حیران مانده بود که چی بگوید بعد با حسرت گفته بود : ملکه ما دیده نمیتانیم . همه جای ملک اس .

و من بیدرنگ اطرافم را نگاه کرده بودم و چیزی ندیده بودم و مادر کلانم ادامه داده بود : همی حال که تو ششتی ، یک ملک پیش رویت اس یک ملک پشت سرت . یکی ده شانی چپت اس یکی ده شانی راست . .

من باز بیدرنگ پیش رویم را دیده بودم ، پشت سرم را دیده بودم ، شانه راستم را دیده بودم شانه چپم را دیده بودم . چیزی ندیده بودم اما از ین بیرو بار نامریی دور و پیشم وحشت کرده بودم . باز مادر کلانم گفته بود : آدم اگه کار خوب کنه ، ملکی که بر شانی راس آدم ششته ، کار خوب آدمه نوشته میکنه ، اگه آدم کار خراب کنه ، ملکی که ده شانی چپ آدم ششته ، نوشته میکنه .

من ترسیده بودم ، به نظرم آمده بود ، که در دور و پیشم موجودات نا مریی نشسته اند و بی آنکه من ببینم یا بدانم شر وشر در باره من چیزی مینویسد و این برایم وحشتناک بود . باز پرسیده بودم : باز او ره چه میکنن ؟

- باز ده اعمالنامی آدم نوشته میکنن .

- اعمالنامه چیس ؟

مادر کلانم که همانطور تسبیح را لول میداد سوی آسمان دیده بود .

آسمان هم دیده نمیشد ، پاغنده های برف بود . با آهسته گی و شکوه سوی زمین میآمدند و باز گفته بود : همو چیزیکه روز قیامت به کار آدم میایه یک ورق اس . تمام کارای آدم ده او نوشته س کارای خوب آدم ، کارای بد آدم ، همگیش . اگه کارای خوب آدم بسیار باشه ده بهشت میره ، اگه کارای بد آدم بسیار بود ده دوزق میره . . .

و بعد آهی کشیده بود و گفته بود : خدا از آتش دوزقام نگاه کنه ده دوزق

آدم گناه کاره کتی گرز آتشی میزنن. آدم تکه تکه و ذره ذره میشه. باز مرچا همه ذرا ره جمع میکنن، یک جای میکنن، آدمه از سر تیار میکنن، باز گرز آتشی ره ده سر آدم میزنن. باز آدم ذره ذره میشه ... آدم از تشنه گی می سوزه، او میخایه، کسی آدمه او نمیته.

و من دوزخ را شکنجه گاه عظیمی تصور کرده بودم که هر طرفش آدم های سوخته و پارچه پارچه شده افتاده. دستهای پارچه پارچه شده و سوخته، پا های پارچه پارچه شده و سوخته، کله های پارچه شده و سو خته. . .

وحشتناک بود و از همان لحظه روابطم با ملک شانه چپم، اصلا با شانه چپم، با دست و پای چپم، خراب شده بود. به نظرم می آمد که این ملک شانه چپم چون منشیی از صبح تا شب و از شب تا صبح در باره من مینویسد و مینویسد و تلاش میکند که مرا به دوزخ بفرستد. اگر به کلانی سلام نمیدادم، اگر از همه حق و نا حق اطاعت نمی کردم، اگر چون و چرا میکردم، اگر گیلاس آب مینو شیدم و شکر را فراموش میکردم، اگر کلانی می درآمد و من قد راست ایستاد نمی شدم و اگر دست کلانی را نمی بوسیدم، میدانستم که کارم ساخته است و ملک شانه چپم، چون منشی وظیفه شناسی همه گناهانم را شر و شر خواهد نوشت وثبت خواهد کرد و فاصله من با دوزخ نزدیک و نزدیکتر خواهد شد. بعض وقت ها هم از ترس به خلاف میل خودم رویم را به سوی شانه چپم میکردم و لبخند دوستانه یی میزدم میخواستم که به ملک شانه چپم بگویم که دوستش دارم تا بدین صورت روابطم با ملک شانه چپ خوب باشد و حد اقل به نا حق یا از سر لج چیزی ثبت آن ورق نکند.

ملک شانه چپم برایم کا بوسی شده بود. روزها بهر صورت زیاد متوجه حضور ملک ها نمیبو دم، اما شب ها هنگامی که در بستر م میدرآمدم و لحافم را رویم می کشیدم و با خود تنها میشدم، به ملک شانه چپم و چیزهایی را که نوشته است می اندیشیدم. صدای نفس ها و ضربان قلبم را میشنیدم و به همه گناهانیکه در آن روز مرتکب شده بودم میاندیشیدم و باز خدا خدا میکردم که خدا کند به نا حق چیزی ننوشته باشد، از سر لج ننوشته باشد، بیخود ننوشته باشد.

دعا میکردم که همان چیزی را بنویسد که کرده ام. اگر معنای این کار و آن کار را نفهمیده باشد چه خواهد شد! کاش که از من بپرسد .... و بعد همانطور که زیر لحاف میبودم با خود عهد میکردم که سر از فردا کلان ها را سلام بدهم، راست در چشم

کلان ها نبینم ، حق ونا حق از همه اطاعت کنم ، چون و چرا نکنم . اگر گیلاس آبی نوشیدم حتما شکر کنم ، اگر کلانی از در درآمد قد راست ایستاده شوم. دست همه کلان ها را ببوسم . و باز از خود میپرسیدم که اگر این ملک شانه چپم همه چیز را نا حق و از سر لج بنویسد و روز قیامت ، با گردن افراشته بایستد و نوشته اش را بلند بلند بخواند ، چطور خواهد شد ؟ فکر میکردم که گرز آتشینی به سرم فرو خواهد آمد و من ذره ذره خواهم شد . بعد مورچه ها ذره های مرا جمع خواهند کرد و مرا باز خواهند ساخت و من با لبان سوخته آب خواهم خواست کسی آب نخواهد داد و باز با گرز آتشینی مرا ذره ذره خواهند کرد . از ترس می میلرزیدم در زیر لحاف عرق از سر و رویم جاری میشد... و هر شب همینطور با ترس و لرز خوابم می برد .

من در آشپز خانه با روغن و پیاز و برنج و گوشت مصروف شدم ، بوی پیاز بریان همه جا پیچیده بود . دخترم را میدیدم که پشتی ها را از زیر این ارسی زیر آن ارسی میبرد و از این اتاق به آن اتاق میرود تا باریدن برف را خوب و خوبتر تما شا کند .

دیدم که ارسی را باز کرد ، دستش را از ارسی بیرون کرد پاغنده های برف روی کف دستش افتادند . فریاد زد : یک فرشته ده قف دستم شیشته !

دویده آمد . مشتش بسته بود . گفت : میفامی ده مشتم یک فرشته س؟

و مشتش را باز کرد قطره آبی در کف دست کوچکش لغزید . گفت: پرید . دیدی ؟ رفت که دگه برف بیاره دیدی ؟

گفتم : نی

مصرانه گفت : مه دیدم !

از دامنم گرفت و گفت : دو بال سفید بریم بخر .

گفتم : خو میخرم .

- چه وخت ؟

- صبا .

پرسید : چند میته ؟

گفتم : نمیفامم .

با عجله در جیب جاکتش به جستجو پرداخت سکه نا چیزی از آن بیرون کرد و گفت : پیسه خودم دارم . بریم دیگه .

گفتم : گفتمت که صبا میخریم .

گردنش را یکسو کج کرد و با بیحوصلگی گفت : خو صبا همی حالیس دیگه! بریم!

گفتم : خو صبر که کارم خلاص شوه .

دخترم از خوشحالی خیز زد . قهقهه خندید . با حسرت سویش دیدم . دوید و رفت به اتاق دیگر . شاید هم من با حسرت به جهان ممکن ها میدیدم ، به جهانی می دیدم که در آن همه چیز را آرزو کردن ممکن است ، در باره هر چیز اندیشیدن ممکن است . همه چیز را گفتن ممکن است ، جهانی که در آن بینهایت فرد است . فردا امروز است ، همین حالا ست ، اعداد مفاهیم مجرد اند ، دلم فشرده شد .

یادم آمد که دیر گاهیست که در اتاق دیگر پیش ارسی ایستاده و ارسی را باز کرده و به شکار فرشته ها پرداخته است . ترسیدم که مبادا سرما بخورد و شب سرفه کند .از آشپز خانه صدا کردم : ارسی ره پیش کو که خنک میخوری .

قاطعانه گفت : نی نمیکنم .

باز صدا کردم : پیش کو گفتم .

باز با قاطعیت صدا کرد : نی نمیکنم . برفه سیل میکنم .

رفتم ، با دستان چرب و پیشانی ترش ارسی را بستم و به آشپزخانه آمدم شنیدم که دخترم باز ارسی را باز کرد . نمیدانم چرا بیاد مادر کلانم افتادم ، بیاد قصه ملک ها افتادم. چیزی نگفتم . نمیدانم چه مدتی پیش ارسی باز ایستاد و فرشته ها را در مشتش اسیر کرد و رها کرد . دخترم یا خنک خورد یا خسته شد ، آمد پیش من ، چیزی نگفت خوشحال شدم که بازار رفتن و خریدن بال های سپید را فراموش کرده است . یکبار گفت : پیشتر تو چی گفتی؟

پرسیدم: مه چم چه گفتم ؟

گفت : فرشته نگفتی . یک چیز دیگه گفتی.

گفتم : ملک گفتم ؟

گفت : ها ملک . ملک نام فرشته اس ؟

و اینبار بی اختیار قصه ملک ها را برایش کردم . گفتمش که یک ملک پیش روی آدم است . یک ملک پشت سر آدم است ، یک ملک در شانه راست آدم است ، یک ملک در شانه چپ آدم است . گفتم که اگر آدم کار خوب کند ، در بهشت میرود و اگر آدم کار بد کند در دوزخ می فرستندش . گفتمش که اگر آدم اطاعت کلان ها را نکند ،

دست کلان ها را نبوسد. اگر با کلانی چون وچرا کند ، اگر آب بنوشد و شکر نگوید ، اگر قد راست پیش راه کلانی ایستاده نشود ، ملک شانه چپ همه اش را مینویسد و درج اعمالنامه اش میکند . به دوزخ می فرستندش باز قصه گرز های آتشین را گفتم، قصه ذره ذره شدن را گفتم ، قصه مورچه ها را گفتم ، قصه تشنه گی ولب های سوخته را گفتم ، قصه آب خواستن را گفتم ، قصه آب ندادن را گفتم .

وقتی گپ ها یم خلاص شد ، دخترم هنوز متفکرانه سویم می دید . بروی گردش و به دو چوتی مویش چشم دوخته بودم ، دهانش باز مانده بود . یکبار رفت ارسی اتاق دیگر را بست. دیگر چیزی نگفت .ساکت بود حرکاتش چابکیشان را از دست داده بودند ، غذایش را در سکوت خورد و مثل هر شب جار و جنجال نکرد .

وقتیکه خوابش گرفت ، مثل هر شب آمد پیش من ، لباس هایش را تبدیل کردم ، رویش را بوسیدم ، دعا یی خواندم - خودم دعا یی برای خوابش ساخته بودم - هر شب پیش از خواب همانطور که چوتی های دراز مویش را نوازش میکردم در گوشش میگفتم : افتو و ما توه خو ببینی .... گل و سبزه ره خو ببینی مره خو ببینی.

می خندید و میگفت : تره خو می بینم .

و رفت در بسترش دراز کشید ، لحافش را رویش کشیدم ودخترم با خود ش تنها شد .

شب نا وقت شده بود . کارهای هر شبم را تمام کردم ، رفتم که بخوابم ، خبر دخترم را گرفتم ، دیدم زیر لحافش شور میخورد . شب های دیگر وقتی آفتاب و مهتاب و گل و سبزه را در گوشش میخواندم . وقتی به بستر میبردمش لحافش را برویش میکشیدم . همین که سرش را بر بالشت میگذاشت خوابش میبرد .

لحافش را از رویش پس کردم تکان خورد ، خواب نرفته بود ، سویم دید ، دلهره یی در چشمان خواب آلودش خفته بود . . . شاید هم با هراس به ملک شانه چپش می اندیشید ، به اعمالنامه اش می اندیشید که مبادا ملک شانه چپ چیزی نا حق نوشته باشد یا از سر لج نوشته باشد،،

۲۱ سرطان ۱۳۶۲

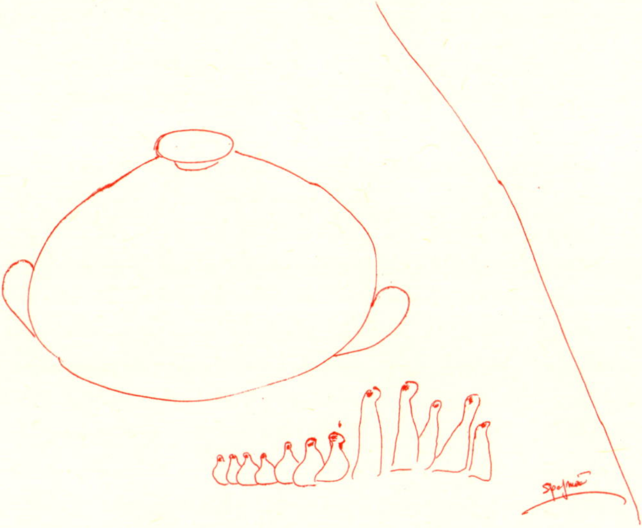

... و دیوارها گوش داشتند

همکار ما هر روز لاغر تر میشد ، همه همکاران ما هر روز لاغر تر میشدند . کالا های همکار ما هر روز در جانش کلانتر میشدند ، کالاهای همه همکاران ما هر روز در جان شان کلانتر میشدند .

رنگ همکار ما هر روز زرد تر میشد ، رنگ همه همکاران ما هر روز زرد تر میشد . سر همکار ما هر روز سفید تر میشد ، سر همه همکاران ما هر روز سفید تر میشد .

هر روز که به دفتر می در آمدم به نظرم می آمد که همکار ما را ، همکاران ما را بعد از سالهای سال دیده ام . دور چشمان شان بیشتر از روز پیشتر چین خورده میبود ، دردو طرف دهان شان دو خط به شکل دو قوس عمیق و عمیقتر به نظرم می آمدند . گاهی به نظرم می آمد که دهان همکار ما ، دهان همکاران ما به پوزه های بسته تبدیل شده است . پوست همکار ما مثل این که میخواست هر چه زود تر روی استخوانهایش بچسپد ، پوست همه همکاران ما مثل این که میخواست هر چه زود تر روی استخوانهایشان بچسپد . چشمان همکار ما مثل این که تصمیم گرفته بودند هر چه زود تر چقور و چقور تر شوند تا خود شان را به استخوان پشت سر شان برسانند ، چشمان همه همکاران ما مثل این که تصمیم گرفته بودند هر چه زود تر چقور و چقورتر شوند تا خود شان را به استخوان پشت سر شان برسانند . گاهی هم از تصمیم چشمان همکاران ما ، میترسیدم و با خود میگفتم که اگر یک روز واقعا چشمان همکاران ما به استخوان پشت سر شان برسند و از آن جا بل بل کنند ، چطور خواهد شد ؟

دفتر ما کلان بود . دیوار های بلند داشت و دیوار ها پر بودند از تصاویر . تصاویر بزرگ و کوچک ، تصاویر یک آدم کلان ، بسیار کلان . آدم کلان نشسته بود . آدم کلان ایستاده بود . آدم کلان پشت میز کارش بود . آدم کلان می خندید . آدم کلان نمی خندید . آدم کلان عینک داشت . آدم کلان عینک نداشت . آدم کلان گپ میزد . آدم کلان ساکت بود آدم کلان دستش را زیر الاشه اش گرفته بو د . آدم کلان به پشتی چوکیش تکیه کرده بود . آدم کلان . آدم کلان . همه جا آدم کلان . . .

نگاه آدم کلان آغشته از سوء ظن آمیخته با کینه بود . آدم کلان با نگاه آغشته

از سوءظن آمیخته با کینه همکار ما را میدید ، مرا میدید .

همکار ما ، همکاران ما ، از تصویر آدم کلان ، از تصاویر آدم کلان ، میترسیدند. من از تصویر آدم کلان ، از تصاویر آدم کلان ، میترسیدم . نمیخواستیم نگاه ما با نگاه آغشته از سوءظن آمیخته با کینه آدم کلان تلاقی کند . سر را خم میگرفتیم . سر های ما خم شده بود ند . مثل این که سرهای ما راست بودن را فراموش کرده بودند . گاهی سعی میکردیم سرهای مان را راست بگیریم ، سرهای ما خود به خود می افتادند روی سینه های ما ، مثل شیی که از تن ما جدا شده باشند . نمیدانم .

ما در دفتر هیچ گپ نمیزدیم . در دفتر ما سکوت و هراس لانه کرده بود . به نظرم می آمد که شهر سکوت و هراسش را با ما قسمت کرده بود ، شهر چیزی نداشت با ما قسمت کند - تنها آوازی که گاه گاهی در دفتر ما شنیده میشد ، آواز شر شر کاغذ ها بود و آواز شر شر کاغذ ها هم یک نوع دلهره را در دل ما میکاشت .

جای همکار ما رو به رویم بود . جای همکاران دیگر ما این طرف و آن طرف بود و شاید هم به همین سبب نگاه من همیشه روی همکار ما مینشست . سر همکار ما همیشه روی سینه اش خم میشد سر همکار ما راست بودن را فراموش کرده بود .

از تعداد همکاران ما هر روز کاسته میشد . هر چند روز بعد ، کسی به دفتر ما انگشت میزد می درآمد نام یکی از همکاران ما را میگرفت و این همکار ما با سر خمیده از در می برآمد و دیگر هیچ وقت باز نمیگشت . همکار ما قطره میشد و در زمین فرو میرفت . شاید هم قطره نا شده در زمین فرو میرفت . نمیدانم . باز فردا و فردای دیگر آن روز کسی دیگری می آمد و به جای همکار قطره شد ه ما مینشست . تازه وارد هم یکی دو روز بعد ، لاغر ولاغرتر میشد ، کالاهایش در جانش کلان میشدند ، رنگش زرد میشد ، سرش سفید میشد ، دور چشمانش چین میخورد ، دو خط مثل دو قوس در دو طرف دهانش عمیق تر میشدند - دهانش به پوزه بسته یی تبدیل میشد ، پوستش روی استخوانش میچسپید و چشمانش هم همان تصمیم وحشتناک را می گرفتند تا هر چه زود تر چقور و چقور تر شوند تا خود شان را به استخوان پشت سر ش برسانند و بعد یک روز از ترس تصویر ، از ترس تصاویر سرش را خم میگرفت سرش خم، میشد سرش راست بودن را فراموش میکرد یعنی این که ،چی بگویم ، واقعا همکار ما میشد .

ساعت ها در دفتر ما به کندی میگذشتند ، دقایق هم به کندی میگذشتند . یک روز یک کتابم را با خود به دفتر بردم ، کتابهایم را از بس که خوانده و باز خوانده بودم از برم شده بودند ، پشت میزم نشستم ، آهسته کتابم را از جیبم کشیدم و ورق زدم . یک بار همکار ما تکان خورد خیره به من دید و با دست خشکش مخفیانه سوی دیوار ها اشاره کرد . سوی دیوار ها اشاره کرد یا سوی تصاویر ، ندانستم . سوی تصاویر دیدم نگاه آدم کلان خصمانه بود . به نظرم آمد که تصاویر تلاش دارند که خودشان را از قاب ها رها نمایند وبه من حمله ور شوند ولی قابها تصاویر را محکم گرفته بودند . به نظرم آمد که قابها با من همنوایی دارند . از قابها سپاسگزار شدم . کتابم را دوباره بسیار آهسته و مخفیانه در جیبم کردم . به نظرم آمد که چیزی را از آدم کلان دزدیدم.

احساس رضایت عجیبی کردم . همکارم باز با سرش سویم اشاره کرد . به یک باره گی اندوه بیکرانه یی در دلم متراکم شد ، دستانم شروع به لرزیدن کردند ، ترسیده بودم . دستم را با درمانده گی روی برآمده گی جیبم گذاشتم . میخواستم این برآمده گی را از نظر تصاویر مخفی کنم . به نظرم آمد که تصاویر خصمانه به من میبینند و تلاش دارند که خودشان را از قابها رها سازند و به من و کتابم حمله ور شوند .

زمان به کندی میگذشت . شر و شر کاغذها انعکاس رعب انگیزی داشت . ساعتم را دیدم به نظرم آمد که لحظه ها هزاران و هزاران قرن دوام کرده اند . به نظرم آمد که زمان عصیان کرده است و دیگر نمی خواهد که بگذرد . برای یک لحظه احساس کردم که اگر زمان نگذرد من و همکارانم هزاران وهزاران قرن میا ن تصاویر ، میان تصاویر آدم کلان ، همچنان میمانیم و پشت میزهای مان با سرهای خمیده میگندیم و میپوسیم. از ترس لرزیدم و همان طور که با یک دست بر آمده گی جیبم را ، کتابم را ، مخفی کرده بودم ، با دست دیگرم دستکولم را گرفتم و شتابزده از دفتر بر آمدم . دهلیز های دراز و باریک را با دوش پیمودم . دهلیز ها تاریک بودند دیوارهای دهلیز ها پر از تصاویر بودند ، پر از تصاویر آدم کلان .

از عمارت بیرون شدم . دیوار های شهر هم پر بودند از تصاویر ، از همان تصاویر. تصاویر بسیار کلان کلان بودند . چند رهگذر که خودشان را این سو وآن سو می کشاندند در برابر تصاویر به موجودات بسیار کوچکی مانند بودند که بار تن کوچک شان را به سختی حمل میکردند . دلم به رهگذران سوخت .

از کنار خانه ها گذشتم . خانه ها بی هویت بودند صاحبان خانه ها نامهای شان را

از پشت دروازه های شان کنده بودند . جای خالی نامهای پشت دروازه ها دلم را فشرد. به نظرم آمد که آدم ها نامها ی شان را مخفی میکنند. به نظرم آمد که آدمها از نامهای شان میترسند .

بسیاری از دکانها بسته بودند . دکانها کوچک بودند دکانها ی بسته و کوچک انگار با دو دست روی شان را پوشانیده بودند. به صاحبان این دکانهای بسته و کوچک اندیشیدم . به نظرم آمد که صاحبان این دکانهای بسته و کوچک قطره شده اند در زمین فرو رفته اند و یا شاید هم قطره نا شده در زمین فرو رفته اند ، مثل همکاران ما .

شهر خالی و ساکت بود . خلوت و سکوت دلهره را در آدم بیدار می ساختند . تصاویر هم دلهره را در آدم بیدار میساختند . شهر اسیر تصاویر بود ، تصاویر کلان کلان، آواز خفه یی شنیدم . پشتم را گشتاندم همکارم بود . با سوءظن اطرافش را دید خودش را به کنارم رسانید و دستش را ، چون چنگالی پیش آورد و کتاب را از جیبم بیرون کرد و به همان سرعت آن را زیر کرتی کلانش مخفی کرد . باز انگار چیزی را دید و با عجله گفت : کنار دریا منتظرم باش ! و به سرعت دور شد .

دریا را میشناختم . شهر یک دریا داشت که چون تیغی شهر را از میان دو قاش میکرد . هر وقت از کنار این دریا میگذشتم دلم بهش میسوخت . این دریا بیشتر ماه های سال در حسرت آب میسوخت. آبی نداشت . آبی نبود . به جای آب کثافات شهر را روی سینه اش ، تحمل میکرد . دریا شرمزده از سینه خود ، تعفنی در شهر میپراگند.

هر وقت از کنار دریا میگذشتم میخواستم دستم را به بینیم بگیرم ، دریا را میفهمیدم ، شرم دریا را میفهمیدم ، دستم را به بینیم نمیگرفتم ، ریه هایم از تعفن پر میشد ند . میگندیدم.

به دریا رسیدم . به دیوار دریا تکیه کردم بوی گندیده گی می آزردم . منتظر بودم . ساعتم را دیدم . همکارم هنوز نرسیده بود . به جیبم دست بردم جای کتاب خالی بود . دلم فشرده شد .

از دور همکارمان را دیدم . می آمد . هر چند قدم بعد می ایستاد ، چپش را میدید ، راستش را میدید ، پشت سرش را میدید ، روبه رویش را میدید . به من رسید . دور تر از من ایستاد . یک بار کتاب را از زیر کرتیش کشید و به سرعت به دریا پرتاب کرد . تکان خوردم . صدا کردم : چرا؟

پاسخم را نداد . به کتابم دیدم که جهت کثافات را میپیمود و هنوز به آنها نرسیده بود . به نظرم آمد که کتابم مرا به یاری میطلبد ، یاری از من ساخته نبود ، همان طور که به دیوار سنگی دریا تکیه داده بودم . نگاهم را بالا کردم کوه های آن سوی دریا چشمانم را پر کرد . آن سوی دریا کوه عظیمی بود . هر سو کوه های عظیمی بودند . دورا دور شهر کوه های عظیم قرار داشتند . به نظرم آمد که کوه ها چون دیو ها ی عظیم دورا دورا دور شهر چهار زانو زده اند و با نگاه کین توزانه شان آدم ها ی شهر را سبک و سنگین میکنند .از کوه ها بدم می آمد . وقتی کودک بودم میپنداشتم که آنها آفتاب را از من میگیرند . همان طور که به کوه های دور ادور شهر میدیدم ، خودم را کودکی یافتم که از تاریکی میترسد . از شب میترسد . آن وقتها تمام روز دعا میکردم که شب نشود . همیشه روزباشد و روشنی باشد . تاریکی آرامشم را تاراج میکرد .

دلم را از ترس میلرزاند . با کوه ها عناد داشتم تمام روز میان من و کوه ها جدال مخفیانه یی وجود داشت . به نظرم می آمد که کوه ها تمام روز تلاش میکنند تا شب آفتاب را از من بگیرند . تمام روز با دستان کوچکم دعا میکردم که شب نشود و آفتاب با من بماند. اما شب میشد کوه ها افتاب را از من میگرفتند . کوه ها پیروز میشدند تاریکی تمام شهر را فرا میگرفت . کوه ها سیاه سیاه معلوم میشدند به نظرم می آمد که کوه ها تکان میخورند ، نفس میکشند ، فش فش میکنند و همانند دیوها یی که مادرم افسانه شان را می دانست دورا دور شهر حرکت می کنند و میگویند : بوی بوی آدمیزاد . . . بوی بوی آدمیزاد . . .

به نظرم می آمد که این آدمیزاد من هستم . آن وقتها از ارسی کوچک اتاقم کوه معلوم میشد اصلا ارسی کوچک اتاقم را کوه پر می کرد . تر سیده از جایم بر میخاستم، می دویدم و ارسی را به شدت بسته میکردم .

ارسی صدای بلند میکرد . یک شب پدرم از اتاق دیگر صدا کرد : چی میکنی ؟ چیست ؟

- ارسی را بسته میکنم .
- چرا ؟ هوا که گرم است .
- نمیشنوی ؟
- چی را ؟
- کوه ها را .

- بازچی کرده اند ؟

- میگویند بوی بوی آدمیزاد . . . بوی بوی آدمیزاد . . . مرا میپالند .

پدرم با عجله آمد . آواز قدم های شتابزده اش را شنیدم . چشمانش خواب آلود بودند . خندید.

خنده اش خواب آلود بود . گفت : بخواب .

- کوه ها را بزن .

- میزنم . بخواب .

- کوه ها را بکش .

- میکشم . بخواب .

دویده برخاستم و چوب درازی را آوردم و به دست پدرم دادم و ترسیده گفتم : با این بزنیشان . فش فش شان را میشنوی ؟ با این بکشیشان .

پدرم چوب را گرفت . بیحوصله و خواب آلود بود .

آن چوب شاید زمانی دسته جاروبی بوده ، نمیدانم ، اما تنها وسیله دفاع من بود که همیشه در اتاقم نگاه میداشتم . پدرم چوب را خواب آلود تماشا کرد و گفت : حالا بخواب .

لحافم را رویم کشید . لحافم گرم بود . هنوز حرارت تن ترسیده مرا با خود داشت . حرارت دلپذیری بود . هنوز دست پدرم روی لحاف قرار داشت که پرسیدم : شب آفتاب کجا میرود ؟

- پشت کوه ها .

کوه ها ، کوه ها ، این کلمه انعکاس رعب آوری در ذهن من داشت . پرسیدم : چرا ما پشت کوه ها نمیرویم ؟

پدرم بیحوصله و خواب آلود گفت : میرویم میرویم .

- مادرم را هم میبریم ؟

- مادرت را هم میبریم .

- چی وقت ؟

- یک روز .

نمیدانم که این « یک روز » دور بود یا نزدیک فردا بود یا هر گز . اما به آن «یک روز » دل می بستم و همان طور که سنگینی دلانگیز دست پدرم را روی لحاف

احساس میکردم ، سنگین وسنگین تر میشدم بعد سبک و بی وزن میشدم به خواب میرفتم.

باز بعد سالها به نظرم می آمد که کوه های دورادور شهر میجنبند تکان میخورند و میگویند: بوی بوی آدمیزاد ... بوی بوی آدمیزاد...

میخواستم این را به همکارم بگویم که همکارم انگشتش را روی لبانش گرفت . بعد اشاره کرد که از دیواره سنگی دریا دور شوم .دور شدم .نزدیکم آمد و آهسته گفت : از دیوارها بترس ، اگر دیوارهٔ دریا هم باشد .

سر همکار ما خم بود . سر همکار ما راست بودن را فراموش کرده بود . آهسته تر گفت: شنیده ای دیوار ها موش دارند موشها گوش دارند، نی دیوارها گوش دارند. خود دیوارها! و با انگشتش سوی دیوارها اشاره کرد . دیوارها پر بودند از تصاویر. به نظرم آمد که دیوارها میگویند :« بوی بوی آدمیزاد ... بوی بوی آدمیزاد ... » به نظرم آمد که تصاویر هم میگویند :« بوی بوی آدمیزاد ... بوی بوی آدمیزاد...»

به تصاویر دیدم . زمینه تصاویر سرخ بود . مثل خون تازه . به یادم آمد که زمینه تصاویر دفتر ما هم سرخ بود مثل خون تازه ، دلم بد بد شد . همکارم به من اشاره کرد که از دیوار ها دور شویم .از دیوار ها دور شدیم .به راه ادامه دادیم .به پارکی رسیدیم .دراز چوکی های پارک خالی بودند .خلوت دراز چوکی ها دل آدم را میفشرد - مثل اینکه خلوت دراز چوکی ها دل همکارم را هم فشرد ، سوی آنها اشاره کرد و سرش را با حسرت تکان داد . در چشمان همکارم سوء ظن عجیبی خفته بود .چپش را دید ، راستش را دید و پیش رویش را دید ، پشت سرش را دید ، سرش را نزدیک گوشم کرد و بسیار آهسته پرسید: دیگر کتاب هم داری ؟

جوابش را ندادم. پرسیدم: کتابم را چرا به دریا انداختی ؟

جوابم را نداد. عصبانی پرسید: دیگر کتاب هم داری ؟

- ها.

- کجا گذاشتیشان ؟

- در خانه ام.

- در کجای خانه ات ؟

- در الماریم.

همکارم تکان خورد . به نظرم آمد که چهره اش برای یک لحظه بسیار باریک

شد . آهسته پرسید : همسایه ها آنها را نمی بینند ؟

- نمیدانم .

باز اطرافش را به دقت دید و پرسید : یک جای میشناسی که برایت چیزی را بگویم ؟

گفتم : نی .

لبانش پس رفتند . نمیدانم گریست یا خندید. انگار با خودش گپ بزند ، گفت : در این شهر بزرگ ، در این کشور بزرگ ، در این جهان بزرگ جایی نیست که دو آدم با هم بنشینند و چیزی بگویند . جایی نیست . جایی نیست .

همان طور که سوی همکار مان میدیدم ، شهر به نظرم بسیار کوچک آمد کشور به نظرم بسیار کوچک آمد ، جهان به نظرم بسیار کوچک آمد . برابر یک ذره شاید هم کوچکتر از یک ذره . نمی دانم ... میخواستم که این را برایش بگویم که گفت: گاهی جهان بسیار کوچک میشود . بسیار کوچک و زنده گی در این جهان کوچک نا ممکن میشود . به نظرم آمد که آوازش به آواز من شباهت دارد . به نظرم آمد که آواز من است. خنده ام گرفت مخفیانه خندیدم . باز پرسیدم : چرا کتابم را به دریا انداختی ؟

چیزی نگفت . سرش روی سینه اش خم تر شد و گفت : سالها ست که من زبانم را در کنج دهانم فراموش کرده ام . سالهاست . بهتر است زبانها در کنج دهانها فراموش شوند . شما هم زبان تان را در کنج دهان فراموش کنید . این طور بهتر است . بسیار بهتر است . آوازش را آهسته تر کرد و گفت : سالهاست زبان من به پارچه عضله یی تبدیل شده است که همیشه عین حرکات را اجرا می کند و حرکات دیگر را فراموش کرده است . گاهی به نظرم می آمد که این پارچه عضله دیگر به دردم نمیخورد . یعنی به آن ضرورت ندارم . بدون آن هم میتوانم زنده گی کنم . شاید راحت تر بسیار راحت تر . اگر به خاطر کتابهایم نمیبود ، چی کارها که نمیکردم ...

تعجب کردم . همکار ما به آدم کتابخوانی نمیماند . بی اختیار پرسیدم : شما کتاب هم دارید ؟

یادم آمد که دیریست کتاب ها ی کهنه ام را باز وباز میخوانم ونشخوار میکنم . از آستینش گرفتم . ترسیدم از دستم فرار کند ، با عجله پرسیدم : کتاب های تان را به من امانت میدهید ؟

متوجه شدم که گردنم را کج کرده ام و تضرع عظیمی در آوازم خفته است .

همکارم بسیار آهسته چیزی گفت که من نشنیدم . گوشم را به دهانش نزدیک کردم و پرسیدم : چی ؟

با سوء ظن اطرافش را دید و آهسته گفت : همین را میخواستم برایت بگویم همین را . من کتابهایم را گور کرده ام . دیریست که گور کرده ام .

چشمانم رق رق برآمد ند و با نا باوری پرسیدم : کتابهای تان را گور کرده اید ؟ این چطور ممکن است ؟

همکار ما هیچ نگفت .دستمالش را از جیبش کشید و روی چشمانش گرفت و گریست . متوجه شدم که دستمالش تر است ، قبلا هم گریسته بود .

آوازی به گوش ما رسید ، مثل آواز پا . همکارم دستمال ترش را به سرعت در جیبش کرد ، راست ایستاد ، دستش را در کمرش گرفت و دو کنار د هانش پس رفت ، لبخند زد . دیدن لبخند با چشمان اشک آلود دلم را فشرد . وقتی آواز گامها ناپدید شد همکارم دوباره شروع به گریستن کرد و گریان گفت : کتابهایم را گور کرده ام . کتابهای من کودکان من اند . من کودکان خود را گور کرد ه ام . نمیدانم ماه هاست یا سالهاست که من کودکانم را گور کرده ام ، خدای من ، زنده زنده گورشان کرده ام. خدای من . و آوازش میلرزید در ستون فقراتم لرزشی احساس کردم . همکارم آهسته پرسید : دیگر کتاب هم دارید ؟

گفتم : هان بسیار .

- دیوانه گی . دیوانه گی .

آوازش را بسیار آهسته کرد و گفت : امشب تمام شان را بسوزانید

حالت نگاهش تغیر کرد . نمیدانم خندید یا گریست . ادامه داد : نی نی نسوزانید. نسوزانید ، چی جنایتی ، من هم نتوانستم . اول میخواستم بسوزانم شان . یک شب ، نیم شب همه شان را گذاشتم روی هم . گو گردی را در دادم به صفحه یکی شان نزدیک کردم ، یک بار به نظرم آمد که همه کتابهایم دستان شان را سوی من دراز کرده اند . و ا ز ترس فریاد میزنند . یک بار بی اختیار خودم را روی آنها انداختم همه شان را در آغوش گرفتم . آتش گل شد . دیگر تا مدتها خواب از چشمم پریده بود .وقتی هم خوابم میبرد و خواب میدیدم که کودکانم را کنار هم مینشانم بعد گوگردی را میگیرم به دامن یکیشان نزدیک میکنم . می بینم که همه شان نعره میزنند و دستان کوچک و لاغر شان را سوی من دراز میکنند . از خواب بر میخاستم روی

بسترم می نشستم عرق از سر و رویم سرازیر میشد . زنم با عجله بر میخاست ، دشنامم میداد و میگفت : سنگدل . سنگدل .

میگفتم: چرا ؟ آخر چرا !؟

میگفت : نمیشرمی ؟ در خواب گپ میزنی و میگویی کودکان مان را میسوزانی ، میگویی باید آنان را بسوزانیم . ظالم .

دیگر مغزم از کار مانده بود . هر شب همین خواب را میدیدم .

کم کم احساس میکردم که زنم مرا با کودکانم تنها نمی گذارد . در چشمانش یک نوع سوءظن دایمی خفته بود . میدیدم که از من فاصله میگیرد و بعد دانستم که از من بدش می آید هر وقت هم توضیحی ازش میخواستم میگفت : بشرم در خواب چی میگفتی ؟ سنگدل اینها چی گناه کرده اند ؟

درست نمیدانستم در خواب چی گفته بودم ، اما میدانستم که هر شب خواب می بینم که کودکانم را کنار هم مینشانم و به دامن دختر کوچکم گوگرد مشتعل را نزدیک می کنم ، دامنش آتش میگیرد ، دختر کوچکم وحشت میکند و دستان لاغرش را طرف من دراز میکند .

متوجه شدم که زنم با نگاه عجیبی به من می بیند . همه کارها را به تنهای انجام میداد . من دو دختر کوچک و یک پسر داشتم . زنم هر جا میرفت هر سه شان را از دنبالش میکشید اگر بازار میرفت هر سه شان را با خود میبرد و در را از پشت میبست . یک لحظه هم آنان را با من نمی گذاشت . یکی شان را بغل میکرد دوتای دیگر را میگفت از دامنش بگیرند ، همان طور همه کارها را به تنهایی انجام میداد. گاهی از خسته گی رنگش سفید می پرید . لبانش خشک میشدند می رفتم کمکش کنم . دستم را دراز میکردم که دخترم را از بغلش بگیرم ، با سوءظن و کینه سویم میدید و میگفت : نی نی خودم میتوانم . میتوانم. بعد ها آرام در گوشه یی می نشستم . زنم قوطی گوگرد را قفل میکرد . گاهی هم مخفیانه یک قوطی گوگرد میخریدم و وقتی میخواستم سگرتم را آتش کنم ، زنم تا آواز قوطی گوگرد را میشنید ، نفس سوخته می آمد ، گوگرد را از من میگرفت کودکانم را پیش می انداخت و از اتاق میبرآمد و من از بلا تکلیفی سرم را میگذاشتم و می خوابیدم . به مجردی که خوابم میبرد ، همان خواب را می دیدم ، تکان میخوردم بیدار میشدم . جرأت نداشتم خوابم را برای زنم قصه کنم .

زنم هر روز لاغر تر میشد . می تکید . بعدها دانستم که او شبها نمی خوابد و مراقب من است قبل از آن که بخوابد ، قوطی گوگرد را از جای که قفل میکرد بر میداشت و در جای مخفی میکرد و میدیدم وقتی در بسترم میدرایم ، از زیر چشم مراقب من است و با شنیدن اندک صدایی روی بسترش می نشست بعد میدوید سوی بستر کودکانم بعد باز به من میدید ، به دستانم میدید و می خوابید .

هر روز در باره کتابهایم می اندیشیدم . میدانستم که آن همکارانم که میرفتند و باز نمی گشتند . همه شان کتابهایی داشتند و من باید کتابهایم را در جایی گم و گور میکردم .

یک روز تصمیم گرفتم کتابهایم را مخفیانه گور کنم . شب ، نیم شب ، برخاستم. تاریکی بود . هیچ آوازی سکوت را نمی شکست . آهسته رفتم بیل را گرفتم و آرام آرام به کندن گوشه حویلی مان شروع کردم . زنم با عجله برخاست در اتاقی را که در آن کودکانم بودند ، قفل کرد . نزدیکم ایستاد . می لرزید . آواز به هم خوردن دندان هایش را میشنیدم ، آهسته پرسید : چی میکنی ؟

آوازش مرتعش بود . گفتم : گورشان میکنم . همه شان را . چاره یی نیست .

یک بار زنم چیغ عجیبی کشید . همسایه ها را به کمک خواست . بدون وقفه فریاد میزد هیچکس نیامد . احساس کردم که همه شان پشت ارسی هایشان قرار گرفته اند و از لای ارسی های شان بیرون را می بینند. فریادهای زنم در سکوت نیمه شب انعکاس عجیبی داشت.

اما هیچکس نیامد . با دستم دهان زنم را محکم گرفتم . زنم دست و پایی زد و بیهوش شد . حضور همسایه ها را هنوز پشت ارسی های شان احساس میکردم. شرمنده بودم.

زنم را به اتاق بردم . آرام آرام به هوش آمد . یک بار جستی زد و سوی اتاقی که کودکانم در آن خواب بودند دوید. اتاق را باز کرد و خودش را روی آنان انداخت . همه شان روی زمین زیر لحاف ، کنار یکدیگر خفته بودند . همه شان را در آغوش گرفت بلند بلند گریست رویش را به من کرد و فریاد زد : خون آشام این ها چی کرده اند ؟ بگو چی کرده اند ؟

هیچ نگفتم . به زنم نگفتم که من کتابهایم را گور میکردم . ترسیدم زنم به همسایه ها بگوید که من کتابهایم را گور میکردم . اگر آنان این را می فهمیدند...

خدای من وحشتناک است .

زنم تا سپیده همان طور گریست . وقتی صبح شد چیزهای در گوش کودکانم گفت . کودکانم با نگاه های عجیبی به من دیدند و در یک لحظه به من فهماندند که قرنها از من فاصله گرفته اند و من به هیچ صورتی قادر نخواهم بود این فاصله را طی کنم و خودم را باز به آنان برسانم . بعد زنم بقچه های بزرگ و کوچک بسته کرد کودکانم را گرفت و خانه پدرش رفت . چند بار رفتم که باز گردانمشان مرا راه ندادند . زنم به همه گفته بود که من گاه گاهی دیوانه میشوم و گفته بود حتی یک شب تصمیم گرفته بودم که کودکانم را گور کنم . همسایه ها هم شهادت داده بودند که یک شب مرا از پشت ارسی های شان دیده اند که در گوشه حویلی گودالی میکنم . شنیدم که زنم به پولیس شکایت کرده بود و گفته بود که یک شب من میخواستم کودکانم را زنده زنده گور کنم و پولیس هم از زنم پرسیده بود : مطمین استید که نمی خواست چیزی دیگری را گور کند ؟ مثلا کتابی ، سندی ، نمیدانم یا کدام چیزی دیگری .

زنم گفته بود که مطمن بود که چیزی دیگری را گور نمی کردم . پولیس باور نکرده بود ، همسایه ها را به شهادت طلبیده بود و همسایه ها هم گفته بودند که یک شب مرا از پشت ارسی های شان دیده اند که در گوشه یی حویلی گودالی میکندم تا کودکانم را گور کنم . پولیس کودکانم را سر تا پا ورانداز کرده بود و گفته بود : این قابل تشویش نیست . مطمین استید که نمی خواست چیزی دیگری را گور کند . مثلا کتابی ، سندی ، نمیدانم یا چیزی دیگری .

و همسایه ها هم گفته بودند که مطمین استند من میخواستم کودکانم را گور کنم و پولیس نفس راحتی کشیده بود و به همسایه ها دستور داده بود تا شب ها از پشت ارسی ها ی شان مراقب من باشند تا من چیز دیگری را گور نکنم . همسایه ها رفته بودند .

دیگر نی زنم را دیدم نی کودکانم را ، تنها شبها وجود همسایه ها را پشت ارسی های شان احساس می کردم . در خانه من ماندم و کتابهایم . مهم این بود که من تنها نبودم : کتابهایم را داشتم . اما بیشتر از پیش می ترسیدم . پرده های اتاقم را پس نمیزدم . می ترسیدم همسایه ها کتابهایم را ببینند . یک شب تصمیم گرفتم که کتابهایم را در اتاقم گور کنم . نیمه شب بی سر و صدا برخاستم ، دروازه ها را بستم فرشها را پس زدم ، زمین اتاق را شروع به کندن کردم .

چندین شب پی هم این کار را انجام دادم . هر شب آهسته آهسته زمین را میکندم و صبحها درها را قفل میکردم و دفتر میرفتم . بعد وقتی گودال خوب عمیق شد کتابهایم را از الماری ها گرفتم در آن چیدم . جفت جفت کنار هم چیدم . میلرزیدم. نمیدانم از ترس یا از شرم . سوی کتابهایم دیده نمیتوانستم . وقتی همه آنها را کنار هم چیدم ، روی آنها خاک ریختم ، زمین اتاق را هموار کردم یک خریطه سمنت خریدم زمین اتاق را سمنت کردم . فرش را دوباره هموار کردم . در الماری ها به جای خالی کتاب ها چکشها ، بیلها ، کاردها و تبر ها را گذاشتم . یک بار احساس عجیبی به من دست داد . تنهایی عظیمی در دلم خانه کرد . به نظرم آمد که بار این تنهایی را نمی توانم حمل کنم . الماری ها با سر زنش سویم میدیدند. به نظرم آمد که یک باره تنهای تنها شدم . یادم آمد که در خانه دیگر هیچ کسی را ندارم . در شهر هیچ کسی را ندارم . در جهان هیچکسی را ندارم . وحشتناک بود . بعد از آن شبها بسترم را در همان قسمت هموار میکردم که کتابهایم را گور کرده بودم و همان جا روی آنها میخوابیدم . هر شب تا صبح به نظرم می آمد که کتابهایم با من گپ میزنند .انگار آوازشان را میشنیدم که مرا دلداری میدهند . جرات میدهند . هنوز هم شبها مرا دلداری میدهند . جرات میدهند . اما وقتی روزها از خانه می برایم و چشمانم به تصاویر شهر می افتد ، هر آنچه را که کتابها یم گفته بودند فراموش میکنم . تمامی جراتم آب میشود و ترس سر اپا یم را فرا میگیرد . به نظرم می آید که تصاویر از چوکاتهای شان جدا میشوند و سوی من هجوم می آورند و آن وقت رنگم زرد میشود . احساس می کنم که موهایم سفید میشوند . احساس میکنم که اول هر تار مویم شروع به سفید شدن میکند . و این سفیدی آرام آرام با آواز دردناکی بالا میرود .

آواز سفید شدن موهایم را میشنوم . آواز چین خوردن دور چشمانم را میشنوم و احساس میکنم که دو خط به شکل قوسها یی در دو طرف دهانم عمیق و عمیق تر می شوند ... من آواز عمیق شدن این خطها را میشنوم . به نظرم می آید که پوستم روی استخوانها می چسپد و چشمهایم چقور و چقورتر میشوند . انگار میخواهند خود را به استخوان سرم برسانند و متوجه میشوم که گردنم آرام آرام خم میشود و سرم روی سینه ام میافتد - گردنم راست بودنش را فراموش میکند.

متوجه شدم که در تمام مدتی که همکارم گپ میزد ، با هر جمله که ادا میکرد شباهت غیر قابل باوری با همکاران دیگرم پیدا می نمود .

آواز سرفه یی به گوش ما رسید . همکارم سوی دیوار اشاره کرد و ساکت شد .
همکارم دیگر چیزی نگفت . آهسته آدرسش را به من گفت : جاده درختان اره شده ، سرک راست ، کوچه راست دروازه سبز چرکین . و بی آنکه چیزی اضافه کند ، انگار از کسی یا چیزی میترسید ، از من جدا شد و تیز تیز به راه افتاد .
به سرعت راه خانه ام را پیش گرفتم . در خانه کتابهایم را از اینجا و آنجا برداشتم و پشت پرده ها پنهان شان کردم .
فردا یش به دفتر م رفتم . تصاویر همچنان پا بر جا بود ند . با ترس به جایم نشستم . کتابی با خود نبرده بودم . همکاران دیگرم هم آرام و بی صدا انگار به اشباحی مبدل شده بودند . آمدند و پشت میزهای کارشان نشستند . سر های شان آرام آرام روی سینه های شان خم شد ند.
جای همکارم خالی ماند . همکارم نیامد . من و همکارانم به جای خالی همکار ما خیره شده بودیم . همکارانم لاغر تر شد بودند کالا های شان در جان شان کلانی می کردند . رنگ شان زرد تر شد ه بود . سر شان سفید تر شده بود . دور چشمان شان بیشتر چین خورده بود . دو خط دور دهان شان عمیق تر شده بود و به نظر آدم می آمد که دهان شان به پوزه بسته مبدل شد ه است . ساکت بودیم . در اطراف ما روی دیوار ها آدم کلان در تصاویر خود جا گرفته بود و با کینه و سوءظن ما را زیر نظر داشت.
زمان به صورت خوفناک و درد انگیزی به آهسته گی میگذشت .انگار زمان هم با تصاویر همدست شد ه بود . من به همکارم و کتابهایش میاندیشیدم.
وقتی رخصتی شد همه ما با فاصله های زیاد از هم و ساکت از دفتر برآمدیم . من راست رفتم به همان آدرسی که همکارم داده بود . از جاده درختان اره شده گذشتم . همان طور که از جاده درختان اره شده میگذشتم ، متوجه شدم که در دو طرف جاده درختان تنومند کنار هم قطار اند . متوجه شدم که درختان تنومند از نیمه اره شده اند و ریشه های شان با یکنوع بلاتکلیفی رقت انگیزی به زمین چسپیده اند . وحشتناک بود . تا چشم کار میکرد ، درختان اره شده بودند. قدمهایم را تیزتر کردم ، سوی کوچه راست رفتم و به دروازه سبز چرکین رسیدم . دروازه سبز چرکین نیمه باز بود . در حویلی درآمدم .حویلی را پیمودم . به دهلیز در آمدم . همه دروازه ها باز بودند . همه اتاقها خالی بودند به اتاق همکارم درآمدم . اتاق به حفره وحشتناکی مبدل شده بود . زمین اتاق همانند گودالی کنده شده بود . خاک اتاق بوی کاغذ مرطوب میداد . بوی

کاغذ مرطوب همه اتاق را پر کرده بود .

از اتاق بر آمدم . بوی کاغذ سوخته به بینیم خورد ، بوی کاغذ سوخته را همانند رشته نا مریی دنبال کردم به تلی از کاغذ های سوخته رسیدم . به کوهی از کاغذ های سوخته رسیدم . کاغذهای سوخته چشمانم را پر کرد ند . پاهایم لرزیدند . همان جا نشستم .

همه کتابهای همکارم آتش زده شده بود . احساس سر ما کردم . انگار جریان خونم از گردش باز ماند . به نظرم آمد که پاهایم برای همیشه از کار مانده اند. تلاش کردم بر خیزم . نتوانستم انگار بوی کاغذ سوخته مسمومم ساخته بود . نمیدانم چی زمانی کنار تل کاغذها ی سوخته ماندم . در تمام مدتی که کنار تل کاغذهای سوخته نشسته بودم احساس میکردم که موهایم سفید میشوند . احساس میکردم که اول نوک هر تار مویم شروع به سفید شدن میکند و این سفیدی آرام آرام با آواز درد ناکی بالا میرود . من آواز سفید شدن موهایم را میشنیدم .

هنوز که هنوز است بوی کاغذ سوخته به مشامم میرسد و از ترس به آواز سفید شدن موهایم گوش میدهم.

کابل ۱۴ اسد ۱۳۶۴ .

Les Impressions d'Art Jean Michel Barrau
3, avenue Cyrille Besset - 06100 Nice - Tél. 04 93 84 16 50 - fax 04 93 52 77 53